剑虹韵语

柴剑虹 著

中国书籍出版社

图书在版编目（CIP）数据

剑虹韵语 / 柴剑虹著 . -- 北京：中国书籍出版社，2020.6

ISBN 978-7-5068-7848-7

Ⅰ．①剑… Ⅱ．①柴… Ⅲ．①古体诗—诗集—中国—当代 Ⅳ．① I227.7

中国版本图书馆 CIP 数据核字（2020）第 075371 号

剑虹韵语

柴剑虹　著

责任编辑	尹　浩　成晓春
责任印制	孙马飞　马　芝
装帧设计	闰江文化
出版发行	中国书籍出版社
地　　址	北京市丰台区三路居路 97 号（邮编：100073）
电　　话	（010）52257143（总编室）　（010）52257140（发行部）
电子邮箱	eo@chinabp.com.cn
经　　销	全国新华书店
印　　刷	三河市顺兴印务有限公司
开　　本	787 毫米 × 1092 毫米　1/16
字　　数	140 千字
印　　张	18.5
版　　次	2020 年 6 月第 1 版　2020 年 6 月第 1 次印刷
书　　号	ISBN 978-7-5068-7848-7
定　　价	50.00 元

版权所有　翻印必究

自序诗

我非诗人乏才情，偶缀韵语露心声。

青年时代风华茂，师大校园勤笔耕。

少作幼稚毋庸悔，浪花朵朵映朝晖。

新疆十年甘与苦，锤炼意志未可摧。

人到中年事纷繁，杂乱无章兴阑珊。

无暇常作车上吟，有闲偶感入诗篇。

古稀之期易怀旧，春花零落遂悲秋。

愿将鸿爪落雪泥，雁飞冰化随水流。

（丙申秋日于太平桥西里寓所）

目 录

001　青年时期习作

003　题赠德厚学友（1961年）

004　西湖行（七首）（1962年）

007　学雷锋春日自勉（三首）（以下1963年作）

008　京城春早

009　忆秦娥　颂雷锋

010　八达岭战歌（歌词）

011　西湖小景（二首）

012　攀宝石山

013　赠湖畔读书人

014　济南大明湖

015　烟台行（四首）

017　赠赴新疆生产建设兵团的同志们

018　菩萨蛮　迎春（以下1964年作）

019	端午自勉
020	西江月　为我国第一颗原子弹爆炸成功而作
021	端午节生日自勉（1965年作）
022	新年述志（四首）（以下1966年作）
023	雨花石
024	悼念叶挺将军遇难廿周年
025	满江红　红海燕颂
026	忆秦娥　赠战友
027	七律　赠某些怕群众的领导
028	采桑子　金猴赞
029	水调歌头　登北高峰
030	悼吴玉章
031	满江红　东方红（颂毛主席73岁诞辰）
032	沁园春　迎春（以下1968年作）
033	满江红　颂门合同志
034	端阳随感
035	乌鲁木齐初雪
036	颂鲁迅
037	送战友（二首）（以下1969年作）
038	车过兰考而作
039	七绝　赠友人
040	采桑子　中秋
041	中　秋
042	哀悼陈毅元帅（以下1972年作）
043	野营拉练到山坳（学军组歌之一）

046	修渠工地永远是春天（以下1974年作）
048	赞施工技术员
050	运河夜航（以下1975年作）
051	观苏州西园罗汉堂
052	读民间传抄《陈毅诗词选》有感
053	访寒山寺
054	赠友人
055	无　题（以下1976年作）
056	续《好了歌》
057	示　客
058	七律　端阳自勉
059	车行河西走廊
060	访杜甫草堂读前辈所题有感
061	船过江陵得一联
062	三峡行
063	卜算子　钱江游泳
064	登宝石山即景抒怀
065	归途遇雨有感
066	永遇乐　欣闻"四人帮"落网
067	元日春望（以下1977年作）
068	春　阳
069	拟编《天安门广场清明诗》序诗
070	赠友人
071	采桑子　纪念《讲话》座谈会即席赋
072	赠马海滨离疆赴鲁工作

073　闻北京举行周荣鑫追悼会有感（二首）

074　赠友人生日诗（二首）

075　游苏州拙政园（以下1978年作）

076　茶话会得句

077　临别赠友（二首）

078　浪淘沙　端阳（以下1979年作）

079　虞美人　寄赠友人

080　赠　别

081　贺友人生日诗（二首）

082　赠何尊礼老师

083　病中辞旧岁

085　**中年后所作**

087　一九八〇年日记前言（以下1980年作）

088　除夕遥寄

089　访富春江钓鱼台有感（二首）

090　丝路考察（三首）

091　库车赶"巴扎"后吟

092　救救库木吐拉

094　和铁门关的对话

097　为德武去世一周年作

098　清　泉

099　时　间（**散文诗**）（以下1981年作）

101　立　春（二首）

102	咏风筝
103	中秋夜感怀（试用入声韵）
104	西归因水患天宝线受阻返京而作
105	莫高窟之晨（以下1982年作）
106	月牙泉
107	戈壁滩的苇丛
108	车行感赋（三首）
110	自制七十六字令（1983年）
111	贺母校杭高建校八十五周年（以下1984年作）
112	中秋感怀
113	感　怀（三首）
114	自度七十七字曲
115	狐狸歌
116	题敦煌莫高窟（1985年）
117	吾　师（1992年）
118	贺《敦煌研究》创刊十周年（1993年）
119	五月下庐州（2001年）
120	悼柳洪亮（以下2003年作）
121	挽崔家珩女士
122	鹧鸪天　抗击"非典"
123	万圣节有感（2004年）
124	挽恩师启功先生联语（2005年）
125	在伦敦参加"敦煌百年"研讨会有感（以下2007年作）
126	车行过岭南感言（自度曲）
127	赠蒲先斌校长

128　戏为黎家嵌名诗

129　丝绸赋（以下2008年作）

130　读敦煌写本中学郎诗有感

131　悼任继愈先生（2009年）

132　贺新凉　庆冯其庸先生寿开九秩（2010年）

133　听龚琳娜唱《忐忑》（以下2011年作）

134　初游幻园观景预作（用启功师社课咏春柳诗韵）

135　题用墨敦煌壁画临摹展

136　悼雪球（以下2012年作）

137　贺来公新夏寿开期颐

138　题阳关博物馆

139　时事诗（以下2013年作）

140　诺曼底（三首）

141　贺　诗

142　端午感怀

143　致一位阳关画家

145　羊年迎春咏

146　贺贾元苏编辑生日（以下2014年作）

147　沁园春　马年春节有感兼寄西部亲友

148　悼来公

149　清明诗（二首）

150　贺宁宁生日

151　挽之德

152　无题打油

153　贺陈楠生日

154　七十将至

七十周岁后所作

157　怀念启功先生（以下2014年作）
158　贺黄征书法作品在杭州郊区展出
159　忆桐城
160　赴杭高铁途中口占一首寄友人
161　寄语柴立梅（以下2015年作）
162　人　生
163　三八节赠微信群内四十年前众女学生
164　赞刘涛《极简中国书法史》获奖
165　"华夏文明之源丛书"推荐诗
166　"九·三"感怀
167　重回康庄
168　京杭高铁车上口占三首
169　题香君册页
170　京畿雾霾时现车上口占
171　驱霾有感
172　悼王尧先生
173　送别王尧先生
174　猴年述怀（以下2016年作）
175　师生欢聚感言
176　读《暮痕集》有感
177　哭小燕

178	悼杨镰君
179	遥祭岳父孟本善
180	车过湖州即兴（用仄声韵脚）
181	老同学聚会感赋
182	赠德荣兰珍、曦业开基、洪邦兰垣同学伉俪
183	重返魏庄
184	追思小燕
185	六顺日短咏
186	闻黄征友乔迁赠诗
187	悼吴建民大使
188	萨尔茨堡回想
190	再抵巴黎感赋
191	左公景权墓前诔辞
192	访莫奈花园
193	启功师一百零四周年诞辰感赋
194	第六次赴圣彼得堡参会感怀
195	小燕的音符
197	悼鸿勋
198	众神廿咏
209	赠吕立人学兄
210	海南咏（四首）
213	敬挽冯其庸先生（以下2017年作）
214	有感赵丰《锦程》入围2016年度"中国好书"
215	题"敦煌雅笺"
216	献给敦煌守护众神

218　梦见恩师
219　祭左公景权先生
220　悼念沙知先生
221　在巴黎过端午节有感
222　悼刘镭
223　缅怀恩师
224　挽彭金章先生
225　木垒行（三首）
226　塔什库尔干行（四首）
228　首访喀什（步冯其庸喀什诗韵）
229　燕玉兰咏
230　梦见冯其庸先生
231　听马金泉独唱音乐会有感
232　悼念杨敏如老师
233　书赠宋旭华编辑
234　小年夜打油诗
235　戊戌元宵吟（以下2018年作）
236　缅怀慈母
237　为"法国远东学院北京中心"创设二十周年作
238　贺《敦煌学辑刊》创刊百期
239　游阆中
240　悼陈国灿教授
241　读常嘉皋纪念常老文章书后
242　思念启功先生
243　悼李永福老同学

244　缅怀王克芬老师
245　车上吟
246　游博斯腾湖（二首）
247　为原高中学生聚会拟诗
248　献给为边疆教育事业奉献青春的北师大校友
249　挽黄克兄
250　木兰花　忆天山月
251　赠吕敏教授
252　贺柴玮侄女新婚之喜
253　挽王永敬学友
254　寄语赵莉研究员
255　沁园春　春节拜年（以下2019年作）
256　再到康桥
257　在李约瑟墓前
258　金庸联语石
259　徐志摩康桥诗碑
260　在英伦闻巴黎圣母院遭火灾
261　赠湛如大德
262　痛悼郑昱学兄
263　赠龚莉
264　贺项楚教授八秩荣庆
265　缅怀李征先生
266　假日游密云某山庄有感
267　陇南行（三首）
270　赠张进

271　咏书局庭院银杏
272　《行走西湖山水间》读后（以下2020年作）
273　游扬州瘦西湖偶得
274　庚子新春感言
275　悼念严庆龙先生
276　无　题（和乙未旧作）
277　致敬程毅中先生

剑虹韵语

青年时期习作

题赠德厚学友

江山如此多娇，英雄辈出今朝。

大显身手乾坤再造，满园春色涌红涛！

（1961年12月15日于北京）

◎前一个庚子年，母校杭州一中高二（2）班同窗挚友黄德厚（震）应征入伍。越明年，我考入北京师范大学学习，冬日题小诗于贺年照片背面以赠。今岁又逢庚子，已光荣退休的空军文职少将黄震（德厚）教授将珍藏近60年的照片发微信与我，令我感怀不已。2020年2月10日补记。

西湖行（七首）

断桥

西子断桥日日新，白娘旧迹何处寻？
行人笑指映日红，剩得"御题"独伶仃。
西子断桥月月异，白篷逶迤映红旗。
友朋争看驰"东风"，应惜早逝白居易。

灵隐大殿

琼楼玉宇大雄殿，佛祖如来坐中间。
游客笑指九九天，天堂原是凡人建！

雷峰塔

雷峰、雷峰，断壁残垣半山中。
叹然守夕阳，空听净慈敲晚钟。
雷峰、雷峰，嘲笑法海不中用，
纵然妖魔狂，西风哪能压东风？

八月二十日遇雨苏堤

乱珠击出鱼鳞波,急雨扯下白雾帘。
近岛三潭躲人眼,远岸依然蔚蓝天。
阴风摧树作雷电,残花断枝羡草坚。
风住雨止行人笑,湖水似镜抚湿脸。

白堤抒情

芳草柔柳锦长堤,春莺白鸥齐水啼。
白叟倚杖吟新诗,青年携手话情谊。
轻舟曳然吻涟漪,红旗哗哗笑声溢。
请来刺史白居易,应叹古今霄壤异!

宝石山上观雨后

锦堤依春湖,白云偎群山。
雨后近峦紫,日暮远江蓝。

雨止

雨止湖水平如镜,小船曳曳复又行。
游客欢笑观彩虹,指点西子新一景。

(1962年8月于杭州)

学雷锋春日自勉（三首）
——写于一九六三年三月学雷锋运动时

蓝天映花花更娇，红心度人人愈俏。

花好依旧随春去，革命千秋不萎凋。

春光虽短却灿烂，生命有限应无限。

红花尚能报春晖，我生为党心志坚。

春色短暂人亦然，莫做鸿毛学泰山。

今生牢记鲁迅言：我以我血荐轩辕。

（1963年3月于北师大）

京城春早

三月京城春来早,唧唧黄莺树树跃。
冬梅迎春驱严寒,点点红花枝枝茂。

(1963 年 3 月 21 日于北师大)

忆秦娥　颂雷锋

好英雄，苦生甜长思想红。思想红，忠心耿耿，如虎似龙。

螺钉不锈力无穷，热血青春为大众。为大众，短暂一生，业绩泉涌。

（1963年4月于北师大）

八达岭战歌（歌词）

迎着火红的朝阳，我们行进在八达岭上，

攀山越岭去战斗，听，歌声多么嘹亮！

雨再大，风再狂，比不上我们的意志强；

山再陡，岩再硬，敌不过我们的手一双。

我们是雷锋式的青年，愈是艰苦斗志愈昂扬！

建设祖国的重任，我们来担当。

今天，一镐一滴汗水；明天，看荒山换新装！

披着五彩的晚霞，我们行进在八达岭上，

唱着凯歌回营房，看，笑得多么欢畅！

身子累，心里甜，晒黑皮肤炼红了思想；

手脚疼，精神爽，磨破手掌坚定了立场。

我们是雷锋式的青年，愈是艰苦斗志愈昂扬！

建设祖国的重任，我们来担当。

今天，一镐一滴汗水；明天，看荒山换新装！

（1963年5月7日于八达岭林场）

西湖小景（二首）

晨

晨雾抹去山水界，天淡水暗成一片。
瞬时红日跃水出，琼林翠阁疑天仙。

微雨

午后细雨忽纷纷，湖山一色烟水蒙。
不见西子着红妆，惟闻响雷彻天穹。

（1963年夏于杭州）

攀宝石山

今攀宝石山，腰酸气喘喘，

三步两步一停歇，半晌方至宝塔边。

塔前又有登高路，后山更比前山险。

借问岩上鹰，何处是顶巅？

枭鹰不作答，振翅厉叫冲云间！

（1963年8月20日于杭州宝石山上）

赠湖畔读书人

暑期常作晨湖行,每见一人读书勤。

此将离乡归京去,不知姓名领精神。

一颗红心无所谢,拙诗一首表己情。

祝君数年学成日,铸成革命好螺钉。

(1963年8月22日于西子湖边)

济南大明湖

济南大明似西湖？江南游人皆点头。

万丛翠叶千串红，四面荷花三面柳。

远天斜阳挂高山，近湖碧波荡轻舟。

若非园丁回春力，鸥雀恐对荒洲愁。

（1963年8月27日于济南大明湖）

烟台行（四首）

伫立海边

远海蓬莱岛接岛，近岸烟台山连山。
惊涛骇浪从天降，卷去游子千里埃。

海潮

海风呼呼励人志，潮音澎湃激人心。
愿向蔚蓝寻知己，前浪后浪无止境。

赴潮拾贝

暂居有暇观海景，解衣卷裤蹈微澜。
适逢浪潮滚滚来，迎向巨浪索海产。
顿失一旬旅途累，一心只在黄沙间。
但等拾得灿烂贝，声声赞叹引友览。

登毓璜顶（小蓬莱）

初登毓璜顶，凭栏观海景。

碧水送舟去，蓝岛向天伸。

胶东尽收眼，山水拓心胸。

明晨复来攀，愿晴不愿阴。

（1963年9月1—3日于烟台）

赠赴新疆生产建设兵团的同志们

暑期结束返京,因洪水阻断津浦铁路线,政府组织返校学生经济南转道烟台乘海轮北上。在轮船上遇到一批满怀豪情壮志赴新疆生产建设兵团的青年,赋此小诗以赠。

别却江南儿时家,宁赴西北发新芽。

好男不辞万里苦,红心随身到天涯。

无边沃野驾铁牛,千里荒漠治风沙。

严冰厚雪压不倒,学做昆仑雪莲花。

(1963年9月3日于渤海海轮上)

菩萨蛮　迎春

百花繁茂尽春园,岂止冬梅独喧妍?一浪高一浪,六亿人共忙。　春风荡寰球,红旗卷五洲。雄文字字金,帝修同呻吟。

（1964年2月12日除夕于北师大）

端午自勉

廿载风雨经沧桑,红缨遍球驱虎狼。

好男当立孺牛志,誓以热血荐新阳。

（1964年6月14日端午于北师大）

西江月　为我国第一颗原子弹爆炸成功而作

神州一声巨响，宇寰激浪顿掀。核武讹诈不灵验，下台赫氏空怨。　中华七亿扬眉，亚非拉美称赞。主席思想作罗盘，华夏宏图无限。

（1964 年 10 月 17 日于北京—衡水列车上）

◎ 10 月 16 日晚，我们北师大师生赴衡水参加"四清运动"在北京站广场候车时，传来我国自行研制的第一颗原子弹成功爆炸和苏共中央第一书记赫鲁晓夫下台的消息。

端午节生日自勉

北国五月战正酣,幼苗出土廿一年。

端阳当思除腐毒,脚踩污泥看世间。

怒目横对众魍魉,小将振臂拉铁弦。

冰雪水火何所惧,红松屹然立红岩。

（1965年6月4日于河北衡水河沿公社魏庄大队）

新年述志（四首）

主席著作天天读，功夫下在"用"字上。
一心一意为人民，雷锋王杰是榜样。

毕业就是上战场，争去山区和边疆。
个人私念全摒弃，世界风云胸中装。

享受荣誉让他人，艰苦奋斗永不忘。
兢兢业业当螺钉，良种处处能生长。

朝气蓬勃打冲锋，争当时代新愚公。
一心向着红太阳，要为祖国攀险峰。

（1966年元旦）

雨花石

南京雨花台,鲜红石子千千万。

千千万万雨花石,烈士鲜血把你染。

看见雨花石,烈士身躯现眼前:

镣声铿锵色不变,国际壮歌震山岩。

看见雨花石,阶级仇恨铭心间。

怒目横眉对群魔,血债要用血来还。

看见雨花石,接过红旗向前迈。

胸中有团革命火,万水千山只等闲。

雨花石呵雨花石,永远革命好教材。

誓为人民洒碧血,何惧火海与刀山!

(1966年1月2日于北师大)

悼念叶挺将军遇难廿周年

北伐千里建奇勋,铁军当年何驰骋!

歌乐山下颂《囚歌》,叶挺豪气万年存。

（1966年4月8日于北师大）

满江红　红海燕颂

暴雨狂风，红海燕翱翔云间。吞雷电，周身火焰，消融冰山。巨龟缩颈贪温暖，企鹅裹翅图安闲。笑世间一切胆怯虫，空度年。

利似剑，击云天；疾如风，掠群山。将一腔碧血，洒遍人寰。长驱冲散千重雾，呼啸闯破万道关。乘东风飞向红太阳，斗志坚。

（1966年夏秋之际于北京）

忆秦娥　赠战友

熔炉中，烈火熊熊铁正红。铁正红，百炼千锤，造就英雄。

凶雷贯地摧不垮，恶风横天撼不动。撼不动，螺钉体小，泰山义重。

（1966年12月1日于杭州）

七律　赠某些怕群众的领导

革命何须怕群众？人民自古是英雄。

诸葛可悲爱训政，叶公可笑好画龙。

虚心改错真体面，文过饰非假威风。

应谢铁帚千钧力，官暮娇骄一扫空。

（1966 年 12 月 5 日于杭州）

采桑子　金猴赞

赤胆忠心取真经，百折不挠，千挫未馁，穷追猛打神妖鬼。

金箍教训假慈悲，上至玉皇，下达阎王，魑魅魍魉都扫光。

（1966年12月8日于杭州）

水调歌头　登北高峰

12月11日中午，抽空与母校杭州一中蔡炼红、叶维新、夏劲松三同学共登北高峰。为锻炼身体，舍小道，从险处上山。归来写此词。

手援万年松，脚踩千层岩。偏从险处登峰，朝气逐冬寒。眼前西湖如画，远处钱江似带，风景无心看。欲览青山外，更往顶峰攀。　苍穹低，群峰小，胸怀宽。放眼五湖四海，小将战犹酣。大桥歌颂永祥，梅蓉学赶大寨，红歌千里传。神州赛锦绣，天堂在人间。

◎永祥，为抢救红卫兵专车和钱塘江大桥而英勇牺牲的蔡永祥烈士。
◎梅蓉，富春江畔的梅蓉大队，离杭州80多公里，是全国大寨式农业先进单位。

（1966年12月12日于杭州）

悼吴玉章

> 12月12日，吴玉章同志在北京逝世，享年88岁。想到1940年1月15日毛泽东在庆贺吴老六十寿辰大会上的祝词，感慨系之，乃作此诗。

人老百岁非可贵，不做坏事诚困难。

吴老一贯益大众，艰苦奋斗六十年。

危难困苦心更赤，颠沛流离志愈坚。

后生如何继先辈？雄文句句铭心间。

（1966年12月16日于杭州）

满江红　东方红（颂毛主席73岁诞辰）

日出韶山，驱散乌云万千重。霞光照，赤旗招展，战鼓轰隆。寰球燃遍井冈火，神州荡涤害人虫。看金色巨龙腾空舞，东方红。

波涛惊，浪潮涌，多迂回，仍从容。红舵手挥手，浩荡东风。蟊贼茕孑吊黄土，豪杰飒爽登高峰。听千秋万代齐歌唱，东方红。

（1966年12月26日于杭州）

沁园春　迎春

　　飞雪迎春，红梅正俏，百花含苞。听浦江风暴，西南春雷，青海歌唱，黄水欢笑。井冈青松，中原凯歌，玉门关外春光好。喜神州，有一轮红日，春晖普照。　　遵循领袖教导，立宏志在天涯海角。叫昆仑融雪，戈壁伏沙，轮台息风，天山献宝。勇攀险峰，敢蹈恶浪，斗私批修战到老。炼丹心，闯刀山火海，青春更茂。

（志愿赴新疆确定后，1968年春节于杭州）

满江红　颂门合同志

六亿神州，又树起光辉旗帜。好门合，从容舍己，惊天动地。赤心一颗呈领袖，红史廿载记业绩。似葵藿永向红太阳，志不移。

藐虎豹，斗熊罴，驱妖雾，卫真理。有宝书引路，所向披靡。阶级友情存胸内，群众利益铭心底。要一切言行都紧跟，毛主席！

（1968年5月于杭州）

端阳随感

离别北都枣花香,暂回西湖又端阳。

恶竹纷纷断万竿,新松立立高千丈。

翡翠兰苕非可效,红燕碧海应能仿。

须臾长辞东吴水,戈壁清泉滋衷肠。

（1968年6月初赴疆前夕于杭州）

乌鲁木齐初雪

九月五日是新疆维吾尔自治区革委会成立之日，是日夜，乌市喜降初雪，写诗以志。

金风飒爽迎新秋，白雪飞舞镇貔貅。
彩霞红旗拂瀚海，天山南北更风流。

（1968年9月5日夜于乌鲁木齐）

颂鲁迅

> 步鲁迅先生《自嘲》诗韵以纪念他的八十七周年诞辰。

真理在胸笔在手,百折千回不低头。
奋掣匕首剖画皮,力举投枪砥中流。
披荆斩棘除魑魅,沥血呕心做黄牛。
且看蛀虫身名灭,鲁迅豪气存千秋。

（1968年9月25日于乌鲁木齐）

送战友（二首）

一

> 遥送杨元一、陈浙新两位杭一中校友赴黑龙江边境抚远县屯垦戍边。

才别天山心志坚，又赴黑水戍边田。
莫道遥隔万千里，常将喜讯付鸿雁。

（1969年1月9日于乌鲁木齐）

二

> 抄鲁迅先生二十岁时送弟诗，改数字以赠战友。

从来一别又经年，万里东风送新燕。
我有一言请记取：暴雨狂风只等闲。

（1969年1月11日于乌鲁木齐）

车过兰考而作

绿桐万株治盐碱,红心一颗制风沙。

兰考精神愈抖擞,老焦碧血开鲜花。

（1969年3月12日16时40分于兰考火车站）

七绝　赠友人

燕渡千山喜朝霞，荷移万水发英华。

莫惧天山寒冰雪，北京红日暖天涯。

（1969 年 8 月 10 日于乌鲁木齐）

采桑子　中秋

月映雪山分外皎，不似故乡。又似故乡，苍茫云海飘桂香。
重炮恶焰战云聚，身在边疆。心在边疆，甘洒碧血浼疆场。

（1969年9月26日中秋夜于乌鲁木齐）

中 秋

月落天池撒琼瑶，塞外中秋别样娆。

今夜家乡秋月白，荇水荷风香袅袅。

霞满神州八亿人，雾塞涅瓦一撮妖。

宁愿血染边疆草，岂让修霸半分毫！

（1969年9月26日中秋夜于乌鲁木齐）

哀悼陈毅元帅

白雪纷纷正迎春，忽闻噩耗泪晶莹。

半世奋战酬壮志，一生爽朗留豪情。

逆贼碎骨成粪土，元帅英名载汗青。

纽约高升五星旗，正义之声慰英灵。

（1972年1月11日）

野营拉练到山坳
（学军组歌之一）

腊月天，大雪飘，

红卫兵野营拉练到山坳，

红旗猎猎迎风展，

战歌嘹亮志气豪。

这一天行军八十里，

夜色降临风怒号。

分队长选了宿营地：

雪山脚下一孔小土窑。

窑洞不大有点儿潮，

原是哈力克大爷的牧羊哨。

如今大爷已带羊群走，

留下了一捆干柴草。

小李见了拍手笑：

"哈，用它驱潮取暖可正好！"

放下背包擦擦汗，

抱起柴禾就要把炕烧。

吐尔逊一把拉住小李把头摇：

"这柴草咱们可不能烧!

'不拿群众一针线',

三大纪律第二条!"

晓红接着把话讲:

"对!咱们不能动老乡一根草!

哪怕困难比山高,

执行纪律不动摇。"

"这次出发拉练前,

军代表讲的故事你可知道?"

分队长讲起一件事,

窑洞里油灯眨眼静悄悄。

"那是一九五〇年,

解放军进山把匪剿。

寒冬腊月翻过冰达阪,

鲜红的军旗迎风飘。

有一天部队宿营红柳村,

天寒地冻马嘶叫。

先为村里群众办好事,

铲冰除雪把路扫。

老团长带头省下炒面喂战马,

没动村民一点青饲料。

战士们月夜操练驱严寒，

没烧村上一根红柳条！"

"咱们是毛主席的红卫兵，

革命传统要记牢！"

分队长打开红宝书，

金光万道心头照。

小李听完故事猛站起：

"我的路线觉悟不够高。

学习英勇的解放军，

今天这一课上得好！"

群情激动震山崖，

皑皑雪山也欢笑。

同学们心红似火化冰雪，

《三大纪律八项注意》歌声冲云霄！

（1971年12月于乌鲁木齐，1972年2月改于杭州）

修渠工地永远是春天

谁说严冬的夜晚天色已暗？
我们有不落的红日照心田；
谁说严冬的夜晚地冻天寒？
我们有熊熊烈火心中点燃。
沉沉夜幕遮不住我们的锐眼，
块块巨石压不塌我们的钢肩。
苦吗？
听欢乐的歌声冲云天，
累吗？
看沸腾的场面动心弦。
白天，
我们鼓足干劲流大汗，
夜晚，
我们连续奋战照样干！
要问干劲从哪里来，
革命真理是力量的源泉，
领袖教导是行动的指南。
《共产党宣言》指引我们放眼未来，

《青年运动的方向》升起明灯一盏。

要问修渠战士的誓言,

请看帐篷上两副对联:

"斗冰雪化严寒修渠斗志旺;

挑重担迎考验炼人意志坚。"

"刀在石上磨,磨出不卷锋刃;

人在苦中练,练就赤胆忠心。"

为革命,我们逆浪千里敢行船。

为人民,我们险峰万座勇登攀。

青春的烈焰早将严寒驱散,

火热的战斗迎来山花烂漫,

在我们的修渠工地上呵,

永远是阳光灿烂的春天!

(1974年12月于乌鲁木齐南山大西沟青年渠工地)

赞施工技术员

顶风雪，冒严寒，
测水平，打标杆，
选石精益求精，
拉线一丝不偏。
眼睛看得清，
质量要求严。
带我们学习《愚公移山》，
帮我们及时解决疑难，
和我们一起打眼放炮，
同我们一道挥镐流汗。
笔记本里记满了数据，
双手磨起了层层老茧。
风尘仆仆雪里来，
豪情不减当年；
两鬓斑斑冰上去，
斗志永不衰减！
技术员的重任在肩，
老工人的本色不变，

足迹踏遍祖国的千山万水，

今天又活跃在青年渠畔。

向你们学习啊，

辛勤的施工技术员！

向你们致敬啊，

青年人的好带班！

　　（1974年12月于乌鲁木齐南山大西沟青年渠工地）

运河夜航

水中灯火天上星,银带运河时辉映。

近岸渔歌飘有音,远天电光闪无声。

万亩新桑掩夜幕,千顷碧波拂轻风。

更赞农家辛劳人,犹驾扁舟采草勤。

（1975年7月28日夜21时于杭州—苏州轮船上）

观苏州西园罗汉堂

五百罗汉堂中列,神色姿态皆有别。

若无巧匠一双手,千神万佛谁曾瞥?

(1975年7月29日于苏州)

读民间传抄《陈毅诗词选》有感

前闻有新四军老同志传出《陈毅诗词选》，设法求得一册，内有张茜同志 1973 年 11 月 18 日所作序及诗二首，有陈毅元帅给罗生特同志的信及诗词五十三首，读罢感慨系之。

此诗心血凝，爱憎最分明。

读诗如见人，字字显忠心。

诗集编成已过载，

迟迟不印兮心不平！

待到冰消雪融时，

当印十万百万卷，

慰忠魂兮平民愤！

（1975 年夏日于北京友人宿舍）

访寒山寺

姑苏炎夏访寒山,任凭推敲寺门关。
高墙小楼隔悬钟,青枫微瑟栖鸣蝉。

（1975年8月1日访寒山寺不得进寺院后作）

赠友人

赠友人相册一集，书此诗共勉。

天高地广喜春燕，傲雪凌霜志愈坚。

情挚谊真蹈火海，激流勇进鼓风帆。

（1975年11月4日于乌鲁木齐）

无 题

> 几天来思绪纷繁，思得几联，凑成一律。

灵台无计逃神矢，几经创伤心愈坚。

貌合神离难莫逆，志同道合可忘年。

横眉终违蛾眉意，俯首慰听知己言。

埋骨岂须桑梓地，我以热血荐天山。

（1976年1月23日于乌鲁木齐）

续《好了歌》
——夜读《红楼梦诗词选注》后作

世人都晓神仙好,只有读书忘不了!
广似瀚海深无底,通晓万一真好了!

（1976年1月27日于乌鲁木齐19中宿舍）

示 客

丙辰年春节写诗一首贴宿舍门上示客，时正参加假日助农活动。

移风易俗过新年，上午送肥去田间。
午后敞门迎宾客，同贺佳节叙衷言。

（1976年农历大年初一于乌鲁木齐19中学）

七律　端阳自勉

进疆八载育新苗，又逢端阳翻心潮。

雄黄一杯解百毒，蒲剑三尺除千妖。

凌霜傲雪斗风暴，穿云破雾战狂涛。

留得赤子豪气在，踏遍瀚海人未老！

（1976年6月2日）

车行河西走廊

北眺长城续相连,南望祁连峰延绵。

河西走廊世少有,火车要走大半天。

（1976 年 7 月 21 日于赴川列车上）

访杜甫草堂读前辈所题有感

万里桥西访草堂,浣花溪畔诵诗章。

壁悬百联世目醒,木镌千字笔锋刚。

题者十有六七故,游人一心几创伤。

最憾未见新松立,恶竹绕庐随风长。

（1976 年 7 月 25 日于成都杜甫草堂前荷花塘畔）

船过江陵得一联

万重山巍巍然,阅遍百代旌旗,恨蟊贼分裂罪过
一江水滚滚流,淘尽千古沉沙,赞英雄团结功勋

(1976 年 7 月 30 日于长江江轮中作)

三峡行

我从天山来,过陇进蜀道。特作三峡行,不惧万里遥。

三峡四百里,处处换新貌。"白帝"更壮观,"滟滪"早搬掉。

夔门天下雄,"瞿塘"最峻峭。"错开"浪高涌,民谣诵禹尧。

巫山十二峰,神女分外娇。飞瀑入江流,松柏更峻茂。

"西陵"水湍急,险滩变通道。"黄牛"一闪过,崆岭无暗礁。

不闻猿悲鸣,唯听旅客笑。嗨嗨川江号,呜呜汽笛叫。

绝壁架电线,悬崖挂航标。祖国山河美,人民智慧高。

放眼望神州,红心逐浪高。百川归大海,共奔大目标!

(1976年7月30日—8月2日于长江江轮上)

卜算子　钱江游泳

> 8月21日与彭加瑾、伍连连骑车到钱塘江游泳场游泳，观大桥巍然，江水滔滔，卷起思潮千层，归来得此词。

习习东海风，滚滚钱江浪。半月炎夏顿时消，今日得风凉。

俏女舞英姿，健儿荡双桨。我今舒臂从头学，击水三千丈！

（1976年8月21日于杭州）

登宝石山即景抒怀

> 9月1日夜,杭州雷电交加,暴雨倾盆,全城震惊。次日晨登宝石山,因有此诗。

山色空蒙雨亦奇,天公昨夜责西子。
惊雷千道群峰颤,珠泪万盆众神涕。
穷奢极侈假武后,祸国殃民真慈禧。
惟盼红日驱妖雾,早送佳音到安西。

(1976年9月2日于杭州宝石山上)

归途遇雨有感

9月2日晚乘车离杭返疆,是时又雷声大作,暴雨倾盆。车至嘉善后雨方渐止。闪电中见路旁稻田,因有此诗。

旬来日日有雷雨,城户忧惊农家喜。
今年稻田缺尿素,天公为伢补氮肥。

◎伢,吴方言"我们"之义,读作 nga.

(1976年9月2日夜8时于216次列车上)

永遇乐　欣闻"四人帮"落网

鏖战十载，风云变幻，今日分晓。大旗作皮，机关算尽，法网终难逃。神州欢腾，英烈欣慰，马列红旗不倒。秀才帮，不堪一击，丑类顷刻覆巢。　　江河奔腾，泥沙俱下，不免鱼龙混淆。领袖洞察，民心所向，慧眼识鬼妖。五十五年，千回百折，历史最为公道。庆中华，大有希望，红日高照。

（1976年10月19日0时45分于乌鲁木齐）

元日春望

元日初阳暖河山,神州八亿同悲欢。

妖孽虽除邪气在,冰霜已消水犹寒。

山巅松柏新芽吐,堤畔桃梅春苞含。

更望万里关山外,雪峰又育几多莲?

(丁巳年春节于杭州)

春 阳

春阳春风暖春湖，山河更新人未苏。

八九燕来春雷动，尽除蛊蜮挥银锄。

（1977年2月19日于乌鲁木齐19中学）

拟编《天安门广场清明诗》序诗

清明时节泪纷纷，八亿人民哭忠魂。

公理民心何处见？世人瞩目天安门。

（1977年2月20日于乌鲁木齐19中学）

赠友人

感君诚朴品德纯,知音知己亦知心。

庸议俗谈应等闲,同作园丁共甘辛。

(1977年3月20日于乌鲁木齐)

采桑子　纪念《讲话》座谈会即席赋

> 在乌鲁木齐市教育局参加纪念毛泽东《在延安文艺座谈会上的讲话》发表35周年座谈会。会上众多同志即席诵诗吟歌,我受感染亦即席赋此词。

纪念《讲话》座谈会,诵诗高昂。赞歌嘹亮,人民教师心潮荡。《讲话》光芒驱迷雾,心花怒放。百花齐放,神州前程更辉煌!

(1977年5月20日于乌鲁木齐)

赠马海滨离疆赴鲁工作

时逢夏至又端阳,送汝归鲁唯诗章。

心随东车忆华年,意伴黄水逐海洋。

愚师能低蜂蚓力,敏生志高燕鸥翔。

莫道从此隔万里,时将喜讯寄新疆。

(1977年6月20日于乌鲁木齐)

闻北京举行周荣鑫追悼会有感（二首）

昨日，党中央在八宝山革命公墓为遭迫害于 1976 年 4 月 13 日去世的周荣鑫同志举办了隆重的追悼会。华国锋、叶剑英等同志送花圈，邓小平、陈云、李先念、胡耀邦、王震、谷牧等同志亲临会场悼念。

一

积毁销骨未销神，鬼蜮射影难射心。

蓬莱岂惧海啸厉，周君无愧是真金！

◎周荣鑫(1917—1976)，原名周文华，山东蓬莱城里西关人。曾任浙江大学校长、国务院秘书长、教育部部长等职。

二

冰消更念报春梅，世治越显是英才。

遗愿已遂可瞑目，红心忠骨归碧海。

（1977 年 8 月 29 日于乌鲁木齐市 19 中学）

赠友人生日诗（二首）

明日是友人23岁生日，写诗二首以赠。

一

一寸光阴一寸金，寸金难买寸光阴。
盼汝攻书坚心志，锲而不舍日月新。

二

世云烈火炼真金，又曰日久见人心。
愿分光阴助君学，又红又专为人民。

（1977年10月8日于乌鲁木齐）

游苏州拙政园

> 1978年寒假返杭探家，2月21日晨至苏州短暂停留，进拙政园游览，是时旭日普照，园静人稀，鸟声宛转，一人独坐石桥下水池边，试用仄声韵得七言八句云。

拙政园里闻鸟语，游子心头生暖意。
幸得朝阳吐光辉，春风又绿江南地。
朵朵红梅绽眼前，皑皑白雪展脑际。
政通人和定废兴，高举赤旗民众喜。

（1978年2月21日晨8时于拙政园）

茶话会得句

今日中午语文教研组同志为我开茶话会送别，会后感慨系之，仅能赋得四句。

浇灌此园已十年，鬓发渐衰知辛甜。
所愧耕耘欠勤奋，又忧鱼龙尚未辨。

（1978年3月25日于乌鲁木齐19中学）

临别赠友（二首）

一

四年携手共艰难，以沫相濡同苦甘。

素卷一册留心声，三年归来喜眼看。

二

朝夕相处情谊真，一旦离别泪满襟。

恨缕千尺易割断，愁思万丈难理清。

云重雾浓心相近，隔山隔水不隔音。

盼君湍流鼓征帆，青鸟穿梭探问勤。

（1978年10月2日于乌鲁木齐）

浪淘沙　端阳

曾别西子园,十一年前,一杯雄黄出玉关。今朝又度端阳节,不悔当年。　　此生莫怅然,当伴天山,春夏秋冬斗风寒。只道是寸烛未灭,薪火待传。

（1979年5月30日35岁生日于北京）

虞美人　寄赠友人

端阳节后，得孟卫天山来笺，贺我生辰，有感而作，寄赠友人。

端阳心事谁知晓，翘首望青鸟。衔来素笺慰我心，虽是平常言语寄深情。　扎根天山志未衰，只恐华发添。与君俱消胸中愁，同心共驾风帆泛急流。

（农历己未年五月初六日于北京）

赠 别

别时容易见时难,秋风无情催归帆。
十年悲欢一心系,三载甘苦两地牵。
往事历历成梦幻,真情依依付素笺。
辞君东去空回首,关山千重思万端。

（1979年9月6日于乌鲁木齐）

贺友人生日诗（二首）

今年 10 月 9 日为友人 25 岁生日，作诗二首，遥寄天山。

一

沐雨迎风廿五年，甘苦初尝志愈坚。

激流挥篙勇进取，成事在人不在天。

二

山外青山天外天，春燕展翅莫停闲。

锲而不舍金石镂，喜迎青鸟凯歌传。

（1979 年 9 月 26 日于北京）

赠何尊礼老师

何尊礼老师为甘肃岷县穷苦家庭出身，青年时期备尝苦辛，曾在县政府做杂役为生，解放后从西北师院毕业后志愿到新疆工作。"文革"中，我被分配至乌鲁木齐工读师范时，他在教务处负责人任上，因解放前曾在县政府当过勤杂工的"历史问题"而受批判，仍热情接待我，留下深刻印象。此诗为我读研究生时接待他来京旅游所写。

陇山苦娃经风寒，英姿焕发度阳关。

冰峰雪水滋忠肠，戈壁狂飙育栋材。

辛劳卅载神不倦，蒙尘十年志更坚。

老骥伏枥瞻千里，花甲赤子正当年。

（1979年11月于北京）

病中辞旧岁

病中辞旧岁，梦里度玉关。

巧手绘戈壁，春风妆天山。

战友仍多情，学生更勤勉。

可怜梦境短，醒来泪眼干。

（1979年岁末）

剑虹韵语

中年后所作

一九八〇年日记前言

在六十年代第一春,

我赞美过挺拔的腊梅;

在七十年代第一年,

我歌颂过美丽的雪莲。

现在,在八十年代伊始之时,

我想说:

用更朴实的语言,

去谱写生活的诗篇;

倾洒更多的心血,

去浇灌祖国的花园。

挽紧战友的双臂,

奔向幸福的明天!

　　(1980年元旦1时20分于北师大中南楼)

除夕遥寄

> 除夕之夜，年夜饭后独步断桥，得一五言，遥寄天山脚下的战友。

暮色辞旧岁，湖光映新梅。
桥断愿心连，路遥盼神随。
挚意思百合，真情忆梦偎。
凝望落晖处，泪逐云霞飞。

（1980年2月15日于杭州）

访富春江钓鱼台有感（二首）

1980年2月29日，与张亚奇从杭州南星桥码头乘船至桐庐，然后步行访登严子陵钓鱼台，归来感赋。

一　自创八十八字吟

千寻石台，耸江边。俯视一湾春澜，依傍两岸翠峦。子陵结庐垂钓处，揽胜不减当年。只疑惑，昔日严公，何来百丈鱼竿？　石亭毁，青碑断，劲松犹挺然。千年古迹成荒址，百代英烈遭毁谗，痛黎民肝胆。而今乌云散，再问青山：孰忠孰奸？

二　访钓台偶感

"造反"不容逍遥派，"横扫"殃及子陵台。

只因另有"钓鱼阁"，四人牵线演"傀儡"。

◎"文革"中，严子陵隐居被指为"逍遥派"，亦在被"横扫"之列。

◎中央文化革命小组的办事机构设在北京钓鱼台国宾馆内。

（1980年3月2日于杭州）

丝路考察（三首）

北庭故城

为考轮台地，两度访北庭。

孤城天山北，丝路金满名。

登垣望雪域，瀚海百丈冰。

大墩见古寺，壁画世人惊。

铁门关

昔日岑参过铁关，心怯梦迷忆故园。

险隘而今建水库，山色湖光似江南。

千仞危崖立电站，一条坦途通银山。

新城矗立人欢笑，雀河高歌奏心弦。

吐鲁番

烈日炎风灼赤岩，火州盛名不虚传。

高昌旧迹堪凭吊，交河新貌可喜瞻。

地热清泉滋佳果，天干沃土育良棉。

坎儿井上吹筚篥，葡萄架下舞胡旋。

（1980年夏于新疆）

库车赶"巴扎"后吟

> 1980年9月到南疆库车考察,周末休息,在库车城赶"巴扎"后吟。

飞越天山到库车,新城老城赶巴扎。

驴羊瓜梨样样有,唯独不见阿尔玛。

◎阿尔玛(alma),维吾尔语"苹果"。原听说库车产大苹果,可今日集市中未见。

(1980年9月14日于库车县委招待所)

救救库木吐拉

高高的烽火台屹立在沙海之中，
因此人们称它为"库木吐拉"。
库木吐拉有壮观的千佛洞，
那是丝绸之路的明珠和鲜花。
可是，今天我慕名远道而来，
却看见壁画残破、洞窟陷塌！
健美的飞天肢残体缺，
快乐的伎乐潸然泪下，
庄严的佛祖面目全非，
慈悲的菩萨在寻觅失却的莲花……
已往的责任暂且放下，
今天，对河水的冲刷和路人的涂画，
我们又该想些什么有效的办法？
我叹息，我惭愧，我悲痛：
这些中华民族的奇珍异宝，
难道要毁灭在我们的眼下？

面对满目疮痍的千佛洞，

我喊一声："救救库木吐拉！"

（1980年夏日考察新疆库木吐拉石窟后写，后刊登于1981年4月24日的《人民日报》）

和铁门关的对话

旅行者：

峭崖伴着急流，

危岩衬着绿荫，

粗犷中带有清秀，

喧腾里显出寂静。

是屏障，又是通道，

怪不得叫你"铁门"！

铁门：

请看我身上镌着的大字——

"襟山带河"，其实

天山是我的严父，

孔雀河是我的母亲，

我是山河爱恋的结晶，

也是历史变迁的见证。

旅行者：

有人发现含铁矿的山岩，

能录下千百年前的声音。
那么,你——巍峨的铁门,
为我们录下了些什么?
是连年征战的呐喊,
还是安定和睦的琴声?
是凭险打劫的唿哨,
还是来往商旅的驼铃?
是取经高僧的祈祷,
还是出塞诗人的歌吟?

铁门:

你讲得还不够周全,
苦难和幸福,战争与和平,
希望和毁灭,热爱与憎恨,
我都一一记录在身。
否则,历史被肢解得破碎畸形,
我又怎么能称得上客观公正!

旅行者:

哦,铁门,你的话真使人信服,
我毫不怀疑你的一片赤诚。

历史典籍浩如烟海，

常使今日读者难得要领。

史家论事多有偏颇，

往往各持一端众说纷纭。

传说故事过于神奇，

连歌谣也总是不可全信。

置身于历史迷宫的人们，

多么需要你这样的证人！

铁门：

听了你的这番议论，

连我也会有愧于心。

千万年来我只是站立一隅，

当然也就不免会孤陋寡闻。

你应该走遍山南漠北河东海西，

侧耳倾听文物遗迹发出的声音，

让山川戈壁江河湖海都来作证，

让大家都自由地喊出和谐心声！

（1980年9月考察铁门关后写于库尔勒）

为德武去世一周年作

> 范德武老师原系武汉大学中文系高材生，1977—1978 年和我同在乌鲁木齐教师进修学校任教，因家庭变故不幸于去年 9 月底骤然弃世。今年学校调工资，却仍然作为"分母"列入，故有感而作。

死去原非万事空，应悲不闻舆论公。
调资犹做分母用，岂论多年苦与功！

（1980 年 10 月 4 日）

清 泉

雪山上一道清泉飞泻奔腾，
流进沙碛荒滩消失了身影……
别叹息她的生命短暂，
炙热的戈壁已溶进生命的激情，
你看羊群白，你看红柳青，
你听驼铃唱，你听钻机鸣。

雪山上一道清泉飞泻喧腾，
流进苇湖草滩消失了音讯……
莫悲伤她的青春消逝，
丰茂的绿洲正散发青春的芳馨，
你看林带密，你看谷穗沉，
你听牧童笛，你听恋人琴。

（1980年11月于北京）

时　间（散文诗）

有人说："时光如水，青春一去不回，转眼间便已白发染鬓。"也有人说："光阴似箭，岁月会磨尽一切，无论是伤痕还是赞歌，最终都会匿迹销声。"于是，人们发出阵阵叹息：唉！时间可真是严酷无情……

时间说："你们都错怪了我。从盘古开天地到如今，我不停息地在这个世界上巡行，迈着大步，不慢不紧，不退不停。山川海漠、草木兽人，什么都逃不过我的眼睛，一切都得受我的度衡。在人世间，从庸夫到伟人，从富翁到贫民，从战功赫赫的元帅到默默无闻的士兵，从白发苍苍的老人到天真烂漫的孩婴，我都公平对待，一个标准，谁也休想请我包涵半分！国家、家庭、战争、科学、文化、爱情，我无事不通，百科皆精。我既不对谁格外慷慨，也不对谁特别悭吝。是泰山还是鸿毛，在我的天平上称出重轻；是鱼目还是珍珠，在我的镜子里显现伪真。我既不轻信流言蜚语，那怕它闹得风雨满城；我也不理睬阿谀奉承，那怕它甜过蜂蜜糖精。我决不听凭一时的毁誉，当然也不会承认有什么'盖棺论定'。我虽然有着弃旧图新的天性，但并不盲目追求什么'摩登'（有人发明'时髦'一词，我可不担责任）；我当然尊重优秀的传统，那可是人类智慧的结晶，但坚决反对守缺抱残、守旧因循。我只是用那始终如一的标准——造福人类，将黑白是非判断，将高低曲直确定！我勇于传播时代的真理，也善于洗刷历史的冤情；我敢于暴露卑劣的面孔，也乐于揭示美丽的心灵。胜利时，我为人们敲响警钟；艰难中，我给人们增添信心；彷徨中，我劝人们勇猛坚定；急躁时，我叫人们沉着冷静。请你们说说，我这样公正无私，难道还叫严酷无情？"

　　哦，时间，听了你这番开诚布公的诉说，我们真该有愧于心！道是无情却有情，有你这样一位严厉、多情的证人，我们又怎能在叹息声中消磨一世、蹉跎一生？你不知疲倦地迈步巡行，我们也该跟着你在前进中永葆青春！

（1981年元月于北师大）

立 春（二首）

　　立春清晨从梦中惊醒，忆及今日为庚申年除夕，乃仿岑嘉州诗赋此二韵以寄战友。

一

岁除之日逢立春，天山遥望泪沾巾。
梦中只是空相慰，万言难寄知心人。

二

西望轮台路漫漫，心事浩茫泪未干。
梦中相逢无纸笔，醒来凭诗报平安。

（1981年2月4日晨于北师大）

咏风筝

远近高低一线牵,逍遥自在傲蓝天。
雨骤风狂绳索断,失魂落魄叹无缘。

(1981年春于北京)

中秋夜感怀（试用入声韵）

秋雨洗塞天，浮云拂汉月。

廿年游子梦，十载乡思绝。

甘苦一人知，是非众口说。

愿擎丹柯心，照向广寒阙。

（1981年中秋之夜于北京）

西归因水患天宝线受阻返京而作

8月21日下午乘69次列车返疆，晚1时19分至郑州，因天水—宝鸡线被大水冲断而列车停行，将全体旅客遣下；在车站蜷缩至天明，又乘174次车返京，晚8时44分抵京。是时，19日所发69次车亦从宝鸡返回至京。

大水冲断天宝线，未及咸阳又北还。

西归之心岂可阻，再度阴山出玉关。

（1981年8月22日午于174次列车上）

莫高窟之晨

当羲和驾车从三危山顶驶出之时，

多情的青鸟展翅飞向了人间。

当莫高窟披上一身灿烂霞装之际，

活泼的飞天睁开了惺忪睡眼。

踏进这些珍藏无价之宝的洞窟时，

我眼前展现出神秘而绚丽的世界。

清晨的鸣沙山是静谧的，

夏日的宕泉水是平缓的，

我的心却追溯着历史长河，

翻卷起无法平息的波澜……

（1982年8月2日清晨于敦煌莫高窟前）

月牙泉

你莫非是嫦娥思凡的泪眼,

日日夜夜注视人间?

你莫非是吴刚待客的杯盏,

年年月月桂酒常满?

你莫非是王母梳妆的明鉴,

世世代代向着三危山?

哦,不!

你是炙热与干旱的诤友,

你是鸣沙与狂风的侣伴,

你属于追求甘美的人类,

你属于太神奇的大自然!

(1982年8月3日于鸣沙山月牙泉)

戈壁滩的苇丛

在玉门关附近的戈壁滩上,我们见到了耐旱的苇丛。

你是疏勒河的绿纱巾,

也曾是古老长城的筋。

千百年的风沙,

淹没不了你的倩影;

千百次的冰雪,

冻不僵啊你的柔情。

千百回无情的摧折呵,

炼就了你坚韧的品性。

如今,你牢牢扎根在沙碛里,

向人们倾诉着历史的真情……

(1982年8月3日参观玉门关归来)

车行感赋（三首）

一

乘着怒吼的戈壁风，

我又来到了你的身边——天山！

还记得十四年前

那个伸手不见五指的夜晚么？

风也是这般嘶叫，

车也是这般疾驰，

沙粒扑打着车厢，

向我奏起高昂的迎宾曲……

如今，白发已爬上双鬓，

伤痕也布满身心，

可是，尊严的博格达鄂拉啊，

我对您的热情未消退半分，

那一腔忠贞依然伴着热血，

奔流在我的周身！

（1982年8月6日于西行列车上）

二

车到尾亚,

匆匆间又要离开新疆,

回头西北望,

天山横隔,云海苍茫。

白杨树下,

留下我的痛苦、欢乐与希望;

一条小路,

记载我的足迹、心声和力量。

你,圣洁的雪莲花呀,

永远开放在我的心上!

(1982年8月9日于返京列车上)

三

哪里有戈壁,那里就有红柳;

哪里有红柳,那里就有泉河;

哪里有泉河,那里就有生命的凯歌!

(1982年8月9日于返京列车上)

自制七十六字令

　　曾记否，义山诗？东风无力，凭青鸟殷勤，传递五彩莲丝。如今六旬不见鹰来，日日翘首，望穿三危西。　　愁思念，多焦虑：饮羽中伤？或风雪途迷，抑是王母拘系？万语千言问天问地，夜夜梦慰，此情有谁知？

（1983年12月2日于北京）

贺母校杭高建校八十五周年

八十五年经风雨，名师育人贡院前。

芬芳桃李遍天下，挺拔栋梁满世间。

◎母校杭高前身浙江两级师范学堂系仿日本某师范新学建于清朝科举考试之贡院旧址。

（1984年5月于北京）

中秋感怀

一年十二回月圆，今夜最是不堪看。

蟾宫实无盈和虚，灵台确有悲与欢。

玉晖泠泠嫦娥瘦，银河滔滔牛女寒。

幸有青鸟成挚友，为我寄情到天山。

（1984 年 9 月 10 日于北京）

感 怀（三首）

一

世事纷繁人心杂，最忌浮躁与轻信。
说与友人不中意，夜夜烦恼到天明。

二

多情每被痴情误，知音岂能不知心。
我为友人愁不寐，他却笑我太认真。

三

二十年来觅知音，酸甜苦辣都尝尽。
纵然灰飞烟灭时，我犹不变赤子心。

（1984年9月10—15日于北京）

自度七十七字曲

　　钱塘儿，西子近邻。却与天山结缘，敦煌有因。燕京岂独无情？四十年间云过眼，华发生，童心犹存。　求学问，报国恩，觅知音。多情虽被天真误，爱恨得失相反成。揭谛揭谛，将此经，说与友听。

（1984年10月26日返京途中于宿县车站）

狐狸歌

我爱读《聊斋》，书中多狐狸。

狐狸美且义，世人焉得比？

或为忠信驱，万死亦不辞。

或为真情遣，百折无回避。

眷眷心所钟，恋恋意所欲。

朗朗多智慧，落落有凤仪。

富贵不动容，贫贱誓不弃。

性诚金石镂，志坚泰山移。

而今世俗人，往往贪势利。

翻手为云覆手雨，叫我掩卷长叹息！

（1984年11月24日午于中华书局）

题敦煌莫高窟

敦煌艺苑世无俦，丝路明珠缀绿洲。

胜迹十朝夸绝域，珍藏千佛耀寰球。

春风染碧鸣沙碛，旭日映红宕水流。

拭尽画师悲喜泪，飞天踊跃贺新秋。

（1985 年 6 月于北京）

吾 师
——兹以此歌行献给启功先生八十华诞

吾师吟诗最机敏，虽谓打油无不韵。
喜笑哀怨赤子意，讽刺幽默亦真情。
谈诗论词新意多，题画赋辞无曲阿。
心正何惧狼牙棒，眼明敢捅马蜂窝。
吾师挥毫满纸秀，汉风唐韵真风流。
摹尽前贤成一体，泻玉清溪世无俦。
半生心血探奥秘，凝为书史诗百篇。
胆大证得黄金律，心细窥得天地宽。
吾师丹青写丹心，满幅诗心溢诗情。
山川草木皆有神，道是春风雨露恩。
好画脩篁临涧松，喜与磐石幽兰共。
苍松枝挺针如猬，朱竹叶直不随风。
吾师八十不觉老，诗书常新画长青。
启后人兮功禹下，道德才艺真双馨。

（1992 年 7 月 26 日于北京）

◎今日翻检旧稿，忽见此诗草，系当年为贺启功师八十华诞而作，却未敢呈奉座前。念光阴流逝，启功师辞世已十载矣，不禁怃然！2015 年 5 月 22 日录后记。

贺《敦煌研究》创刊十周年

一枝先秀万木发,十年耕作苦生涯。
今朝珍惜雪中炭,明日更添锦上花。

（1993 年 9 月 14 日于北京）

五月下庐州

> 2001年5月休假一周，陪同法国汉学家戴廷杰先生访问合肥、桐城，偶得五言云云。

五月下庐州，长假访客忙。

独步逍遥津，寻幽古战场。

朴实包拯祠，豪宅李鸿章。

未观民俗馆，蜀山遥相望。

牡丹虽零落，油菜留残香。

侧听黄莺啼，卧看白鸥翔。

小憩沐和风，遐思已飞扬。

（2001年5月初于安徽合肥旅舍）

悼柳洪亮

> 吐鲁番地区文物局局长柳洪亮研究员自吐鲁番赴乌鲁木齐汇报工作途中因车祸不幸去世，吟此小诗为悼。

交河呜咽红柳摧，痛悼学界失英才。
尚慰诸君添努力，研读高昌上楼台。

（2003年3月26日于北京）

挽崔家珩女士

烽火里十载待夫君学成再结良缘传报国佳话
浩劫中千辛育子女长大终成英才称治家楷模

　　◎崔家珩系友人丁珊之母，1936年18岁逃难时与丁符若相遇订亲。抗战期间，丁父带领家族兄弟姐妹十几人到重庆求学，考入迁到重庆北碚的复旦大学茶学系，1944年完成学业，遂投笔从戎，参加了中国远征军。直至抗战胜利后的1946年回到上海和崔完婚，时隔十年整。"文革"期间，丁父亲因"历史问题"下放十年，崔氏在家对子女要求颇严，姐弟四人皆学有所长，小有成就。

（2003年3月28日于北京）

鹧鸪天　抗击"非典"

> 2003年春末，"非典"疫情肆虐京城，全民动员抗击病魔，京城书画界发起撰写诗词书画以声援卫生战线医务人员，启功师带头赋诗，亦打电话鼓励我写诗词，兹步启功先生同调"就医"词韵赋此小词，并请秦永龙学友挥毫书写呈上。

防疫长城众志成。黎民疾苦最关情。白衣战士真无畏，敢消魔患报心声。　抗"非典"，救苍生。誓令华夏更英名。难关险隘从容越，万里征途又一程。

（2003年5月9日于北京中华书局六里桥寓所）

万圣节有感

2004年秋，余执教台北中国文化大学。10月底，正值西方"万圣节"，校园学子热闹过节，观之有感，遂撰打油诗如次：

敦矣南瓜灯，煌哉狰狞罩。客居适逢万圣节，妖雾笼罩台湾岛。靓女与俊男，登场各显招。个个戴鬼面，人人赶时髦。私欲蔽双目，恶念迷七窍。跛脚乘快马，矮子踩高跷。长幼原有序，翻脸全乱套。方才窈窕女，转眼青面獠。鸳鸯劳燕飞，眷情顿时消。甜声犹在耳，已然伸魔爪。猛灌迷魂汤，高弹犹大调。幽灵藏暗器，恩德怨仇报。群魔疯狂舞，百鬼尽情闹。纳坦已远去，地震难预料。饮食男女经，及时乐逍遥。有闲不读书，无聊敲电脑。旦旦无信誓，朝朝问股票。人不人兮惟图利，国不国兮岛为巢。山中无虎猴称王，管他阿狗与阿猫！闹剧将散场，众鬼兴犹高。假面清晰惊魂定，瓜灯朦胧倦眼跳。昨夜乡愁入梦长，梦断西子圣塘桥。梦里依稀慈父声，梦中仿佛恩师貌。忽感风雨狂，地动山河摇。醒来月影斜，四周已寂寥。世事向来多纷扰，岂止天界与地曹。可叹人间常如此，百感交集吾心劳！

（2004年10月31日晚于台北中国文化大学大庄馆宿舍）

◎ "纳坦"，今年秋重创台湾岛之台风名。
◎ 吾家旧居在杭州西子湖畔钱塘门外圣塘桥河下白沙街二号。
◎ 恩师启功先生，近几日频频入梦。

挽恩师启功先生联语

2005年6月30日凌晨2时26分,恩师启功先生在医院与世长辞,悲痛中撰此挽联,请秦永龙学兄书写并悬于母校启功先生灵堂。

数十载严师恩铭心刻骨

千万般慈父情似海如山

弟子柴剑虹敬挽

(2005年6月30日于北师大)

在伦敦参加"敦煌百年"研讨会有感

今年 5 月受邀自巴黎乘"欧洲之星"列车过英吉利海峡隧道至伦敦参加英方举办之"敦煌百年"研讨会,会上美化斯坦因等劫掠敦煌文物之言论时现,余拟发言辩之却遭阻拦,因撰此诗。后将发言稿整理成文交《敦煌研究》刊登。

宝藏遭劫实可叹,流散海外百年缘。

应有是非公理在,岂可由人说扁圆!

(2007 年 5 月于伦敦)

车行过岭南感言（自度曲）

丁亥秋日应邀赴香港城市大学演讲，车行过岭南，望窗外景物有感而赋。

车行岭南丘陵，山仍旧青，水依然秀，庶几慰我心。
心系漠北塞垣，民几时晏，花何日艳，望断北来雁。

（2007年9月15日于南下列车中）

赠蒲先斌校长

廿载南北穿梭勤,与我母校因缘深。

古道热肠为办学,毕竟淄川蒲家人!

◎据马海滨介绍,蒲先斌校长系淄川蒲家庄人,毕业于淄博师专中文系,亦与母校北京师大有缘,热心办学,担任淄博第18中学副校长。

(2007年11月24日于淄博)

戏为黎家嵌名诗

> 周雪清曾为黎家求得一嵌名五言诗，兹改为七绝以奉黎烈南、周雪清、黎皓雅正。

烈火真金百世情，南北黎庶一家亲。
雪霁皓然团栾月，清光似水万里明。

（丁亥年冬日于北京）

丝绸赋

> 杭州中国丝绸博物馆赵丰君通过手机发来他的一首小诗，因感其志，步其韵而成此小诗以复之。

曾经西陲乐与苦，沙海戈壁从容度。

东华西子增荣光，自强不息人不侮。

敦煌学，拓新路，而今喜诵丝绸赋。

为植学苑一奇葩，辛勤浇灌朝与暮。

（2008年春节）

附：赵丰原诗

  平生不觉奔波苦，天南地北等闲度。

  欧亚由此珍名声，沙俄不敢露轻侮。

  敦煌卷，丝国路，何时可作归来赋。

  但愿神州风雨和，好享人间日将暮。

◎赵丰，中国丝绸博物馆馆长、上海东华大学博士生导师、中国敦煌吐鲁番学会常务理事。

读敦煌写本中学郎诗有感

20世纪60年代，吐鲁番阿斯塔那古墓葬出土唐初西州地区寺学学童卜天寿诗抄，郭沫若先生惊喜中撰专文论赞，时余与新疆博物馆考古队诸君交流甚多，遂得以先睹郭老文正式发表前之打印稿为快。后研读敦煌莫高窟藏经洞所出写卷，其中多唐五代时敦煌寺学学郎打油诗抄，亦有与卜天寿诗抄内容雷同者；至长沙市铜官古窑址所出之若干窑器面世，惊现其中亦有若干抄写内容相近之诗歌者，故有感而写此诗。

天寿五言郭老惊，敦煌学郎打油频。

待到铜官窑器现，更晓唐诗繁盛因。

（2008年春）

悼任继愈先生

大雨滂沱哭斯文，人间天上泪纷纷。
继绝开新情愈笃，无神论者泣鬼神。

（2009年7月17日参加八宝山告别任老仪式归来作）

贺新凉　庆冯其庸先生寿开九秩

瓜饭家世苦。幸乎哉、惠泉清冽，稻香粗素。大师慧眼识英才，夯筑文史基础。笔耕勤、丹青擅步。研读红楼六十年，性情人、椽笔评批巨。砺金石，砂难驻。　　古稀壮吟阳关赋。更三番、冰峰瀚海，绝域排阻。证得玄奘东归路，何惧扬鞭岁暮。吉尼斯，全新纪录。丛稿一编卷卅四，益求精，校订寒与暑。开九秩，迎玉兔。

（庚寅年腊月廿八）

附：林岫教授按《词谱》韵律改拙稿如下：

瓜饭贫家苦。幸乎哉、惠泉清冽，稻香淄素。感昔大师知才俊，振翮文苑基础。笔耕勤、丹青擅步。研读红楼秉烛明，性情人、慧眼长炉炬。砺金石，砂难驻。　　灵椿行壮阳关赋。更三番、冰峰瀚海，涉险排阻。证得玄奘东归事，何惧扬鞭岁暮。吉尼斯，全新纪录。丛稿一编临卅四，益求精，校订忘寒暑。开九秩，喜迎兔。

◎老锣，龚氏夫君的昵称。

听龚琳娜唱《忐忑》

阿姨摇椅捣个蛋，忐忑神曲开心颜。

德刚帮腔搞笑易，天后摹声翻唱难。

老锣制谱鼓点急，琳娜放歌嗓音甜。

中西结合奇异果，大众品尝乐界欢。

　　◎此曲的中心拟声词是"啊咿哟咦"和"当个旦"，故转译之。
　　◎德刚，相声演员郭德刚；天后，歌唱演员王菲，均摹唱此曲。
　　◎老锣：龚氏夫君的昵称。

（2011年2月15日）

初游幻园观景预作（用启功师社课咏春柳诗韵）

京城东总布胡同 34 号"幻园"乃赵守俨先生故宅，1929—1950 年居焉；启功师少年时曾附读于此，执手守俨先生从戴姜福绥之先生习古诗文。此园新中国成立后为抗日名将李运昌将军寓所，王首道先生亦曾小住，又经"文革"变故，园垣局缩，假山改貌，水池则已填没，惟旧屋保留至今。因园中原植有椿、柿等树，李将军贤媳扬之水名之曰"椿柿楼"，启功师欣题楼名。近日园中芍药初放，蒙扬之水女史诚邀赏花，因预咏一首以求指教。

似幻名园首度游，韶光仿佛岁时悠。

红芍百窠怡倦目，黄雀千啭慰危楼。

占籍戴师曾严肃，附读学子释忧愁。

皇孙胄子双飞鹤，杏坛佳话史长留。

（辛卯四月初九日拟稿，初十改定于中华书局六里桥寓所）

题用墨敦煌壁画临摹展

铁线兰叶绘霓裳,神情并茂现敦煌。

欣喜壁画临摹学,用墨更添十分光。

◎用墨,临摹敦煌壁画之上海女画家名。

(2011年11月14日于北京)

悼雪球

> 小狗雪球西逝,其主人中华书局胡彬女士不胜悲痛,代其拟此悼词以慰问之。

好雪球,雪球好,聪明伶俐百态娇。
摇头摆尾惹人喜,善解人意犬中宝。
雪球好,好雪球,尔今西去莫忧愁。
朝夕相依十余载,虽系爱子亦高寿。
病痛烦恼已全消,琼楼玉宇足逍遥。
魂牵梦萦常相见,灵光永在心闪耀。

(2012年2月8日于中华书局)

贺来公新夏寿开期颐

> 步吾师启功先生贺来翁八十华诞诗韵成七言一首以奉。

风雨历程老更忙，来公九十岂寻常。

心牵钱塘乡音熟，情系萧山文脉长。

千种方志设专馆，百家谱牒记胸膛。

期颐问茶众所盼，喜吟贺辞举寿觞！

（2012年6月8日敬贺于北京）

附：启功先生贺来新夏八十寿诗

难得人生老更忙，新翁八十不寻常。

鸿文浙水千秋胜，大著匏园世代长。

往事崎岖成一笑，今朝典籍满堆床。

拙诗再做期颐颂，里句高吟当举觞。

题阳关博物馆

　　2012年金秋时节，余及40年前所教乌鲁木齐第19中学学生十数人畅游敦煌，承蒙阳关博物馆馆长纪永元先生热诚款待，在阳关饱览千古遗迹风光，又参观博物馆丰富藏品，获益匪浅。时纪馆长盛情征余题辞，乃不揣笔墨浅陋，献七言一首以呈。

金风一路到阳关，悦目赏心师生欢。
弘法敦煌千古事，地利人和助永元。

（柴剑虹暨原乌市19中同学于壬辰仲秋）

时事诗

海东海南阴霾弥,弱龙频遭强驴欺。

而今再温强国梦,复兴须看民心齐。

(2013年4月于北京寓所)

诺曼底（三首）

2013年5月，余及孟卫应老戴、小燕之邀，寄寓法国诺曼底乡间旅舍一周，闲暇间写此三首小诗以记心绪。

一

五月寄寓诺曼底，山色海景倦眼怡。
林秀鸟鸣心始静，天蓝云新无忌思。

二

花呈七彩映草绿，云幻万形缀天际。
海滩拾贝还童趣，忘却离家遥万里。

三

"二战"盟军登陆地，潮起潮落白鸥啼。
眼前战魂安息处，耳际犹响飞鸣镝。

（2013年5月于法国诺曼底乡间）

贺　诗

书局丰雷美编喜得千金，书此以贺。

昔云生女不如男，今日男儿重负担。

巾帼须眉齐努力，共同撑起整个天。

（2013年6月于中华书局）

端午感怀

> 癸巳端阳，余69岁生辰，依古例已步入"古稀"之年矣。往事历历，别梦依依，顾后瞻前，遂抒此感怀。

生当端午逃难时，山河破碎民心齐。
抗倭胜利返杭城，钱塘门外白沙堤。
昭庆寺学初开蒙，西子湖畔遍游踪。
有幸就读杭一中，浸润杭高好传统。
北上京师整七年，突起狂飙乃赴边。
十年教学天山下，无怨无悔结情缘。
考回母校研文史，恨不阅遍千卷书。
恩师推荐做编辑，为人作嫁未觉苦。
卅载涉足敦煌学，前辈指引后辈促。
行及欧亚十四国，学术交流乐不辍。
而今步入古稀龄，犹存七分青春情。
退而不休力能及，警钟常在耳际鸣。
重如泰山父母恩，师友情谊似海深。
奋发图强民族音，愿向苍天鉴吾心！

（2013年6月12日于中华书局六里桥寓所）

致一位阳关画家

一个阳光灿烂的日子，

走下敦煌书画院的楼梯，

不由地猛然止步、肃立，

恭敬、虔诚地合十致意：

仰视一幅《千手千眼观音》图，

——您三十年前的临摹画。

原作是莫高窟第三窟的精品哦，

被誉为"东方的蒙娜丽莎"。

菩萨慧目慈颜，

一千只眼闪烁智慧，

五百双手拯救苦难。

注视苍茫人间。

构图、线条、色彩、韵律，

都考验临摹者的信心、决心、毅力。

您出色地完成了，也迈开了

创办敦煌书画院坚实的第一步。

本来，您还可以这样画下去，

创作更多更好的精品力作。

但是您脑海里的蓝图，

更丰富多彩、波澜壮阔。

热爱家乡、护卫文物的意志，
驱使您向阳关进发，马不停蹄。
为创建一座民营的博物馆，
倾己所有、殚精竭虑、筚路蓝缕。
十年艰辛岂寻常，
甘苦自知酬衷肠。
而今阳关博物馆已名扬四方！
我知道，此刻此时，再多的言辞
也无法形容创业者的心情和思绪。
况且，您并不需要赞美诗，
只要继续求得上苍的眷顾。

在阳关大道留下足迹，
在鸣沙山麓挥动画笔。
绘出更美更新的宏图献给祖国，
走出更加辉煌灿烂的新天地。
有了天时、地利、人和，
我们这个民族最珍重的东西。
敦煌文化会传承不绝，
精神家园将勃发生机！

（2013年秋分时节于北京）

羊年迎春咏

瑞雪迎春兆羊年,和谐奋进保平安。

物质援助诚可贵,文化教育更关键。

民族交融寻常事,天山儿女血脉连。

外魔内妖妄心力,神州边疆磐石坚。

(2013年冬日于新疆农大校园)

贺贾元苏编辑生日

岁届花甲仍年轻,编织嫁衣不辍停。

丹铅厚重传文化,坦寄童心伴华龄。

（2014年元旦于中华书局）

沁园春　马年春节有感兼寄西部亲友

　　周穆西巡，八骥驱驰，辉耀昆冈。又张骞凿空，马踏飞燕；胡汉和谐，丝路通畅。兄弟阋墙，六骏破碎，列强侵侮没商量。须记取，莫高窟遭劫，甲午海殇。　　神州再现曙光，五星红旗高飘扬。惜天灾人祸，接二连三；丙午浩劫，骅骝重伤。整肃旗鼓，扬鞭腾骧，前赴后继慨而慷。应团结，开拓新丝路，复兴津梁。

（2014年1月30日于北京）

悼来公

　　3月31日晚7时多，忽然接到天津友人报告来新夏先生去世的噩耗！我实在是不敢也不愿相信——因为前些日子，我在接到来公寄来他的新书《旅津八十年》后，还跟他通过电话，再一次感受到他的健朗、睿智和老骥伏枥的昂扬精神。

　　瞻彼高山兮萧山默然，
　　望彼逝川兮钱江呜咽。
　　来公驾鹤兮升座须弥，
　　痛失良师兮余心悲戚。

　　　　（2014年4月1日）

清明诗（二首）

一　改前人句而成

清明时节泪纷纷，悲欣交集祭英魂。
天若有情天不老，姹紫嫣红总是春。

二　悼念崔瑞芳老师

余因参与审读《中国地域文化通览》书稿，于2011年12月受中央文史研究馆之托，随作家王蒙赴新疆调研、座谈，与王蒙夫人崔瑞芳老师同机往返。崔老师亦曾在乌鲁木齐市中学任教多年，故与我相谈甚洽。王蒙告知其夫人虽患癌症治疗，仍通达乐观。岂料仅过百余日，崔老师竟骑鹤仙逝，遂以此小诗寄托悼念之情。

伉俪情深五十年，垦牧伊犁志愈坚。
东归西逝人共仰，笑看天山桃李园。

（2014年清明节于北京）

贺宁宁生日

宁静从容前程远,淡泊自守境界宽。
人生苦乐寻常事,勤俭耕耘果满园。

（2014 年 4 月 14 日于北京）

挽之德

　　惊悉杭高老同学陈之德因病于今日在苏州逝世，悲痛难已！半个多世纪前的同窗情谊，分外珍惜；近些年来多次交谈与短信来往，音犹在耳。而今骤然离世，天人两隔，岂不痛哉！悼念之情，化为一联，敬呈于之德灵前：

一生勤勉清廉仁厚堪称民众楷模
九天悲哀痛惜敬仰无愧国家栋梁
之德千古

（2014年5月21日敬挽）

无题打油

4月25日,《中国地域文化通览·西藏卷》执行副主编格桑曲杰等三人来京修订书稿校样,原定两周完成,迄今近一月尚未交稿,亦未来书局做任何交流。无奈之中,赋此"打油"抒怀。

自尊自强方自立,娇骄散惰乃自灭。
修订校样非难事,奈何磨蹭一个月。

(2014年5月23日晨)

贺陈楠生日

> 脩石斋藏主陈楠明日 56 岁生日，不能面贺，吟此小诗发短信以奉。此系仓促"打油"，未细究平仄声律，愧哉！

青春无悔逢时艰，五十六载结善缘。
觅宝藏珍苦亦乐，识古鉴今文脉传。

（2014 年 5 月 31 日于北京）

七十将至

甲午端阳将至，吾即步入"古稀"之龄，吟此小诗存念。

七十将至静夜思，心潮起伏觅小诗。
人生如梦亦非梦，年华似水逝如斯。
父母恩情深过海，师友风谊铭心底。
西子清浅瀚海阔，敦煌因缘汉学旗。
天山砺剑京华客，丝丝缕缕织天衣。
灵动通透多飘逸，上下求索无尽期。
吾欲因之怅寥廓，常念精忠报国时。
苍穹可鉴书生意，菖蒲作剑化虹霓。

◎天衣，佛典谓天人着天衣，其衣轻薄通透，故有"天衣无缝"之辞。余2010年曾撰《说"天衣"》一文参加在敦煌举办之庆贺饶宗颐先生95华诞学术研讨会。

（2014年6月2日）

剑虹韵语

七十周岁后所作

怀念启功先生

时光荏苒，恩师启功仙逝已九载矣。思念之情，化作小诗并书之以奉赤峰建筑学校"启功书院"求正。

三生有幸承教诲，六度无尚证因缘。

高山巍峨惟景仰，流水润泽思渊泉。

（甲午年夏历五月、公历六月卅日）

贺黄征书法作品在杭州郊区展出

江浙一散人,学者兼书家。

泼墨惊鬼神,运笔似龙蛇。

张芝与索靖,敦煌有佳话。

吾羡黄征友,频添艺苑花。

(甲午夏日于京郊大兴翰林庭院)

忆桐城

> 甲午秋日，友人李经国介绍桐城人高峰装修六里桥寓所，书此诗以赠。

忆桐城，菜花遍野黄。

龙眠山河相辉映，戴方姚刘文脉长。

忆桐城，青石三尺巷。

黄梅婉转书声琅，吴朱黄章是榜样。

忆桐城，灿烂多星光。

桐中会议刘邓商，百万雄师过长江。

◎古文桐城派代表人物及传人戴名世、方苞、姚鼐、刘大櫆。

◎三尺巷为桐城文物保护著名景点。

◎黄梅戏著名艺术家严凤英为桐城人。

◎著名文化人吴汝纶、朱光潜、黄镇、章伯钧亦均为桐城人。

◎1949年4月，刘伯承、邓小平在桐城中学举行解放军高级指挥官会议，商讨渡江作战部署。

（2014年11月12日）

赴杭高铁途中口占一首寄友人

朝发京南雾弥天,午过金陵始半颜。

初冬景物隐若现,教人梦求 APEC 蓝。

（2014 年 11 月 16 日）

寄语柴立梅

柴氏梅斋女,书坛有佳名。

着笔多流丽,撰文颇雅清。

四十早不惑,半百知天命。

立身戒急躁,致远须宁静。

（2015年3月2日）

人　生

宁静方致远,淡泊自心安。

人生如滴水,汇海有波澜。

（2015 年 3 月 6 日）

三八节赠微信群内四十年前众女学生

勤俭持家园,巾帼赛儿男。

上下齐心力,撑起整个天。

(2015年3月7日)

赞刘涛《极简中国书法史》获奖

4月23日为"世界读书日",刘涛兄所著《极简中国书法史》为三十本获奖图书之一,因为四言而赞。

出版地界,儒商混战。鹿马驳杂,鱼龙共渊。
芯空水重,是彼厚砖。敲门而已,无望筑殿。
简易不易,极简更难。吾赞涛兄,此道深谙。
去伪存真,汰芜删繁。精益求精,反复熔炼。
思接千载,金刚百变。文图相辅,风正笔健。
三秋干直,喜可参天。二月花鲜,盼其烂漫!

◎末四句化用板桥"删繁就简三秋树,领异标新二月花"联语。

(2015年5月5日草成)

"华夏文明之源丛书"推荐诗

> 甘肃读者出版集团推出"华夏文明之源丛书",遵嘱撰此小诗做推荐语。

华夏文明河陇源,荟萃多元丝路缘。
读者推出新书系,传承文化新贡献。

(2015年5月)

"九·三"感怀

忆昔日寇占钱塘,西子受凌民遭殃。

白沙旧居险遭焚,母亲怀我离家乡。

颠沛流离难民艰,端午生我婺江边。

掩耳惧听炮声近,睁眼乌云蔽青山。

全民抗战奏凯歌,周岁喜见复山河。

驱逐暴虏笑颜开,从此不当亡国奴。

七十年来慨而慷,而今祖国更富强。

庆典阅兵非好战,珍惜和平有保障。

(写于2015年9月3日纪念抗日战争胜利七十周年之际)

重回康庄

五十年前随邓魁英教授到京郊延庆县康庄中学教学实习，始登讲坛亦初识师生情谊。今天是第 31 个教师节。明日，当年康庄中学学生、首都师范大学历史系张秀荣老师将陪我重返康庄，故预为此诗。

别梦悠悠五十年，康庄常在我心间。
蜡炬成灰无悔意，妫水天山亦相连。

（2015 年 9 月 10 日晨）

京杭高铁车上口占三首

2015年"十一"长假最后一日，余乘京杭高铁赴浙江大学参加"丝路文明传承与发展"国际研讨会。车上口占三首。

一 雨雾

朝辞帝京雾气浓，午抵杭城雨蒙蒙。

沿途景物无颜色，教人常念祭东风。

二 车过南京询费泳女史

一路雾霾下江东，车过金陵问费泳：

钟山隐匿渺不见，栖霞雨幕有几重？

三 梦安澜

顺风高速赴临安，丝路研讨正频繁。

文明互鉴人为本，我欲因之梦安澜。

◎听赵丰说过几日中国丝绸博物馆举办的报告会后将考察"世界丝绸之源"湖州的丝绸生产点，其中有菱湖丝厂。此乃我童年时代随父母生活过的地方，其中，安澜桥即在工厂附近的运河上，我常去观看桥上好汉们的跳水表演。

（2015年10月7日）

题香君册页

乙未秋日,香君托我求冯其庸先生为其荣宝斋所制宣册题署引首,冯老以病弱之躯欣然命笔,题"云山翰墨"四个遒劲大字。香君又要我亦有题写,遂以拙笔勉力题此七言以求两正。

好男要当子弟兵,香君一曲暖军营。
诗教传承风雅颂,一觞一咏涉民情。

◎由香君作词、戚建波作曲,山东省选送的《好男儿就是要当兵》,高票入选二〇一一年"唱响中国——群众最喜爱的新创作歌曲"十佳作品。香君之西北师大文学博士论文即以《诗经》研究为论题。

(2015年10月24日)

京畿雾霾时现车上口占

乙未隆冬，京城首次施行雾霾天红色预警刚结束一天半，霾妖重来，感慨系之，车上口占一绝。

山河失色草木衰，万民罩口实可哀。
京畿应立风神庙，只缘霾雾不时来！

（2015年12月12日于京杭高铁车上）

驱霾有感

昨夜飞廉逐霾妖,今晨白云蓝天飘。
佞谈减排空话者,哪如箕伯爱吾曹!

（2015 年 12 月 15 日）

悼王尧先生

> 昨晚近10时,"国图"萨仁高娃研究员发来噩耗:王尧先生于6时许仙逝。闻讯不胜悲痛,彻夜难眠,吟此小诗悼念。

尧老一生最赤诚,心系吐蕃中华魂。
踏遍青藏三江路,炼就般若四谛身。
坦坦荡荡谈大局,孜孜矻矻撰弘文。
一夕羽化登仙去,化作人间杜宇声。

（2015年12月18日）

送别王尧先生

12月23日，王尧先生告别仪式在八宝山梅厅举行，荧幕放映王老生前影像，瞻仰王老安详遗容，撰此七言送别。

梅厅菊丛送尧公，学界长存好音容。
宗师鹤逝弘篇在，仰止高山四海同。

（2015年12月23日）

猴年述怀

吾生几番逢猴岁？并非机遇是因缘。

戊申始涉西域路，无怨无悔度华年。

教学相长求真理，荣辱甘苦只等闲。

笑谈世间风与浪，成事由人亦在天。

◎此"天"者，天道酬勤之天，天人合一之天也。

（2016年2月7日丙申春节前夕）

附记：

同日，将此小诗压缩为四句，抄写后于2月12日送原乌鲁木齐19中高二四班刘志强等10位同学："金猴岁初忆华年，荣辱甘苦只等闲。我有一言请记取：成事由人亦在天。"

师生欢聚感言

师生白首忆华年,四十余载因和缘。
天山有情人不老,瀚海无涯月常圆。

(2016 年 2 月 12 日于乌鲁木齐)

读《暮痕集》有感

> 捧读原乌鲁木齐 19 中学老学生崔元玘所赠其母亲徐克聪老师诗作《暮痕集》，步其中《雪》诗韵而作。

脑聪笔勤拥诗斋，文思如花灿灿开。
佳作篇篇抒心志，雅辞句句细量裁。
物质财富身外物，精神食粮已满堆。
且喜耄耋暮痕艳，苍松不老雪皑皑。

（2016 年 2 月 13 日于乌鲁木齐）

哭小燕

正月初七日下午,从乌鲁木齐回到北京,晚间接老戴及文利电话,报告小燕在两天前上班时突遭车祸去世的噩耗,悲不能已,彻夜难眠,勉吟此五言哭之。

挚友许小燕,罹祸辞世间。闻讯悲难忍,思之摧心肝。
不禁泪盈眶,彻夜难安眠。往昔交往事,历历浮眼前。
燕飞法兰西,振翮卅余年。文化作使者,交流缀新篇。
贤妻助戴兄,良母育溪岩。教学口碑佳,待友真诚善。
何夺巾帼花?仰首问苍天。人世何不公?苍天亦默然。

◎溪,老戴与小燕的女儿戴玲溪(玲玲);岩,他们的儿子戴铃岩(弟弟)。

(猴年正月初八日清晨于北京)

初九清晨,接文利邮件,问是否同意将此诗抄写展示于小燕的告别弥撒以伴其在天之灵。我回复表示感谢,并请她按中国传统习惯在诗后加上以下八句颂辞:

小燕小燕,翱翔云间。登彼天国,圣灵佑安。

魂牵故土,梦绕家园。天堂永驻,恩惠宇寰!

(2016年2月16日晨于北京)

悼杨镰君

4月1日晚，传来杨镰君于前一天下午在北疆木垒境内遭遇车祸不幸去世之噩耗，痛心不已。我与杨君相识三十余年，追思往事，历历如在眼前，遂以此歌行小诗寄托悼念之情。

噫吁嚱，呜呼哀哉！清明前夕闻噩耗，杨君捐躯木垒道。吾识杨君卅余年，岂料一夕隔壤泉。忆昔促膝侃侃谈，新疆情结西域缘。薛昂夫，贯酸斋，坎曼诗鉴呈辩才。罗布人，黑戈壁，勤为西陲留精彩。天山南北奋登攀，塔河内外足迹遍。君是探险发烧友，年近古稀不停留。情未了，难罢休，而今骑鹤乘风去，魂兮归来梦悠悠！

（2016年4月2日晨于北京大兴翰林庭院）

遥祭岳父孟本善

> 今日上午 12 时许，接乌鲁木齐电话，传来老岳父孟本善刚刚去世的噩耗，无法告知十一时许刚做好手术在病房的孟卫妻，只得以此小诗遥祭之。

先祖耕耘在平凉，取名本善真善良。
少小求学离华亭，青年从军到边疆。
脱却军服换农装，林场工厂成内行。
忠厚朴素是本色，勤恳实干胸怀广。
十年遭劫心未变，卅载离休志仍刚。
解脱病痛骑鹤去，祈福安详驻天堂。

◎岳父祖籍甘肃平凉华亭，1949 年随部队起义加入中国人民解放军，后任新疆八一农学院基层干部，1985 年离休。

（2016 年 4 月 15 日于北京）

车过湖州即兴（用仄声韵脚）

昔日清箬溪，水浊难见底。

西塞山依旧，白鹭无踪迹。

渔歌已销声，鳜鱼杳难觅。

唯有丝绸城，光华仍熠熠。

（2016 年 4 月 22 日于京杭高铁车上）

老同学聚会感赋

2016年4月27日,我们北京师范大学中文系4611班12位老同学在常州聚会,有感而赋。

同窗同学梦亦同,四海五湖育青松。
年逾古稀情愈深,真个返老能还童!

(2016年4月27日)

赠德荣兰珍、曦业开基、洪邦兰垣同学伉俪

五载同窗结同心，难得相知心相印。

栉风沐雨半世纪，体健神清多佳音。

◎北师大同班同学陈德荣、汤兰珍；宋曦业、李开基；马洪邦、李兰垣三对自一九六六年毕业后结为伉俪至今，同甘共苦、相濡以沫半个世纪，令人倾羡。同学聚会时以此诗赠之。

（2016年4月27日）

重返魏庄

今日中华书局组织离退休人员游览位于大兴魏善庄的纳波湾月季园，一周后"世界月季洲际大会"即将在此举办。1963年12月至次年2月，我们北师大中文系师生参加大兴农村"四清运动"试点，我即在凤河营公社（今魏善镇）魏庄。半个多世纪后目睹此地沧桑巨变，故吟此小诗以寄感慨之情。

忆昔五十二年前，参加四清在魏善。

同吃同住同劳动，学农学军学毛选。

凤河营里访贫苦，青云店中查账单。

如今此地成花园，起个洋名纳波湾。

各色月季竞争妍，粉白玫瑰夹其间。

孝心馒头老娘面，村镇大集农家餐。

当年农友今何在？白首翁媪步蹒跚。

乡村变美人不老，脱贫致富挺腰杆！

◎"孝心馒头"据传系青云店孝义营村源自清乾隆年间的特色面食，几年前镇上已成立专门的加工厂以推动旅游经济。"老娘手擀面"则是该镇东辛屯的特色面食，亦有清代相关历史传说流传至今。

（2016年5月10日）

追思小燕

> 距挚友小燕 2 月 12 日在巴黎罹难去世已有三月，思念中赋此小诗献与今晚在巴黎某教堂举行之追思祈祷仪式。

小燕飞仙九十天，无尽思念在人间。
精心教学口碑好，传播文化做贡献。
既仁且智乐山水，勤勉持家育溪岩。
仰望苍穹觅倩影，遥寄祷语付婵娟。

（柴剑虹、孟卫并柴新夏 2016 年 5 月 13 日夜于北京）

六顺日短咏

> 丙申农历五月，恰逢"猴年马月"；今日又为公历"六顺"之日。网友纷纷祝顺之际，超强厄尔尼诺频频给全球带来气象灾害，故为此短吟。

猴年马月六顺日，雨骤风狂百变天。
厄尔尼诺频捣乱，唯盼众生得平安。

（2016年6月6日）

闻黄征友乔迁赠诗

丙申端午次日，闻黄征友乔迁之讯，拟此打油诗以赠。

江浙散人黄，乔迁到余杭。
可喜诚可贺，游子恋故乡。
昔日孟家母，三迁为儿郎。
而今黄公子，三窟费思量。
五十知天命，六十耳顺畅。
曾上文物瘾，真伪皆收藏。
养猫有奖惩，植树亦垦荒。
书艺图拓展，治学是本行。
事事求新意，时时发荣光。
兼修学艺德，彩霞更辉煌。

（2016年6月10日晨于京郊大兴翰林庭院）

悼吴建民大使

从网络新闻中惊悉前驻法国大使吴建民今日在武汉某隧道遭遇车祸去世，其系外交界老人，驻法时口碑尚佳。我虽仅在京举办的一本关于英法劫掠圆明园图书的新书发布会上聆听其简洁发言，但印象颇深。吴大使生前在当代中外关系上主张反思、学习、进步，宣称淡定、不怕走弯路，亦因解读"韬光养晦"政策引起争辩。谨献此小诗以表悼念之情。

猴年马月非吉时，车祸又夺吴大使。

一生细读联合国，三载驻节法兰西。

韬光养晦起争议，学而不厌多反思。

曲曲弯弯路漫漫，从容淡定行天际。

（2016年6月18日）

萨尔茨堡回想

6月21日清晨，微信上接到老同学杨启帆教授来自遥远的奥地利萨尔茨堡的问候，引起我的回想……

萨尔茨堡，妳这守卫阿尔卑斯门户的不老徐娘，
是否依然楚楚动人、焕发容光？
十二年前与妳的邂逅一瞥、短暂徜徉，
美好的记忆永远留在我的心房。
古老要塞是妳的眼睛，
高瞻远瞩，时刻俯瞰着欧洲大陆的风云激荡。
萨尔茨河是妳的血脉，
缓缓流淌，四季浇灌着古城沃野的丰厚土壤。
妳哺育莫扎特的乳汁，
早已化作千万神奇的音符在全世界自由飞翔。
《音乐之声》的动人故事久演不衰，
卡拉扬的指挥棒闪耀着迷人的光芒。
巍峨的巴洛克建筑举目皆是魅力依旧，
庄严的大教堂信众虔诚钟声宏亮悠扬。
米拉贝尔花园四季鲜花怒放，

大学校园里始终是书声琅琅。

哦，还有那体育场高亢的呐喊助威，

标志着妳日夜期盼的更高更快更强！

我期待着有朝一日与妳重逢，

也祝福妳永葆青春吉祥安康！

（2016年6月21日早上）

再抵巴黎感赋

2016年6月30日，余及孟卫飞赴巴黎，午夜抵达，仍宿老戴、小燕家，夜梦小燕养育铃岩音容，至天明听玲溪习奏李斯特"慰心"钢琴曲，感而赋此。

昨夜星月迎清晨，往事依稀入梦魂。
小燕治家茹辛苦，老戴著述酬勤奋。
塞纳浩淼天公泪，钟山巍峨父母恩。
琴音幽咽慰心曲，物是人非堪伤神。

（2016年7月1日于巴黎，次日戴兄慢吟而哭，泫然打字录之）

左公景权墓前诔辞

2016年7月6日,由陈庆浩先生导引,戴廷杰先生驱车,一道至巴黎北郊某墓园左景权先生墓前,余拟此诔辞祭奠。

巍巍左公,仙逝九年。

登彼天国,俯瞰人间。

心系故土,情牵家园。

千山万水,魂兮安然!

（2016年7月6日于巴黎）

访莫奈花园

2016年7月20日上午，戴兄廷杰驱车71公里，带我及孟卫至巴黎北部Giveny镇，参访印象派大师莫奈的花园及其故居，悦目赏心之余，撰此小诗记之。

莫奈园中读莫奈，万团锦簇众芳妍。
幽塘红莲怡神智，曲径孤舟润心田。
近山塞纳添光影，远山佚名映云天。
汇聚百家自成派，印象佳作世代传。

（2016年7月20日午后于巴黎）

启功师一百零四周年诞辰感赋

一代宗师是吾师,文章道德世人尊。

岂止三绝诗书画,超凡脱俗能通神。

融汇百家儒释道,文化传承民族魂。

高山仰止须登攀,景行行止报师恩。

(2016年7月26日于北京)

第六次赴圣彼得堡参会感怀

8月中旬我从新疆到敦煌陪老学生游览，并在敦煌研究院主办之纪念莫高窟开窟1650周年论坛论述莫高窟开窟因缘。返京后即于28日从北京直飞俄罗斯旧京圣彼得堡，参加敦煌学国际研讨会。自1991年5月首次赴该城考察俄藏敦煌写卷之后，又曾4次到此参加学术交流。此番重来，风景依旧，物是人非，孟列夫等老友均已仙逝，不免伤感，然中俄青年才俊辈出，亦可告慰前人矣。

才游丝路述佛缘，又赴圣城第六番。
涅瓦荡漾层浪碧，冬宫庄严旗色变。
风物依然甲天下，故旧凋零伤感添。
且喜学术传薪火，亦盼友邻民生安。

（2016年9月5日返京后作）

◎"变"依吴语读平声。

小燕的音符
——为巴黎本月 23 日将举行纪念许
小燕音乐会而作

小燕的音符高亢激昂，

小燕的音符悠远绵长，

小燕的音符充满柔情，

小燕的音符展现善良……

音符在琴键上跳动飞舞，

音符从心窝里喷薄流淌。

在活泼、灵动、绮丽的音符中，

我们又看见了小燕的终身理想：

世界和谐、祖国富强，

中法友善、巴黎吉祥。

在深沉、徐缓、华彩的音符里，

我们又听到了小燕的由衷希望：

家庭和睦、亲人健壮，

师友康乐、事业兴旺……

哦！万千音符组成动听的乐章，

在我们的耳畔回荡、天际飞扬，

回荡在塞纳河、紫金山之间，

飞扬到小燕走过的每个地方！

我们侧耳倾听小燕的音符，

小燕呵依然在我们的身旁！

（2016年中秋节前于北京）

附：音乐会后戴廷杰先生所撰《答谢剑兄故旧》

前日之暮，诸友百人凑集，重阳虽已过，暑气尚未消，依园林大堂诸窗，俱张开以凉。钢琴之音符，玲然跳动，铃然飞舞，无罣无胃，翔而轩鬐，飞扬至桑梓，回荡湖滨亲家门，飞越至兄斋，回旋悼亡风雅间，一瞬而升天以之无穷。高会既散，老夫携二孤归庐，深夜独卧牀上，鳏鳏不寐，回首曩日之喜，燕舞楚楚在目，燕歌历历在耳，不觉而泪浸枕，又思故旧之谊，若是既忠且诚，既笃且敦，一生岂可两得哉？

（丙申九月二十七日海外拙弟廷杰奉览）

◎玲然、铃然句：指戴廷杰和许小燕之女玲溪、之子铃岩演奏钢琴曲。

悼鸿勋

今日丙申中秋，上午刘进宝教授微信传来张鸿勋先生在天水逝世噩耗，不胜痛悼，谨以小诗奉献鸿勋灵前。

鸿勋吾挚友，仙逝在中秋。

天水川呜咽，麦积山低头。

治学最勤勉，朴实无他求。

研治俗文学，堪与大师俦。

晚年病体弱，笔耕犹未休。

而今乘鹤去，遗著世长留。

（2016年9月15日11时于北京）

众神廿咏

　　余自一九七八年秋离疆返京读研，至今已三十八年矣。期间有幸结识众多学界前辈大家，常亲炙教诲，得益匪浅。今诸多前辈已仙逝为神，特撰此廿咏以颂神髓之万一。

一　姜亮夫（1902—1995）

海外抄卷损目力，文化宝藏铭心际。
老骥殷勤育骐骏，夕阳辉煌映千里。

　　◎姜青年留欧，放弃学位自费在英、法抄写敦煌写卷，以致目力受损。作为敦煌学研究大家，成果丰硕，所撰《敦煌——伟大的文化宝藏》一书更成为普及敦煌学之名著。晚年在杭州大学古籍所开办敦煌学讲习班，不遗余力带研究生，在病榻上仍多次跟我讲述培育年轻人才之重要性。

二　黄药眠（1903—1987）

布尔什维成右派，无损八斗大师才。

首译喀秋莎一曲，世界公民唱不衰。

◎黄师为我国早期共产党员，青年时曾被派驻共产国际工作。一九五七年被划为"右派"，被剥夺教师资格二十年。二十世纪六十年代初，我在北师大中文系学习时，他只能跟班听课。"文革"中因康生到北师大指名煽动，受残酷迫害。我亲见因他曾讲过要当一名"世界公民"亦被红卫兵批斗。苏联歌曲《喀秋莎》系他从俄文首译，七十年代末我读研究生时曾向他请教有关问题。

三　钟敬文（1903—2002）

讲授民俗八十年，一生荣枯弹指间。

真诚钦服马克思，事功已竟意可安。

◎启功师次韵奉答钟老祝寿诗中有"荣枯弹指何关意"句，概言其对人生遭际之态度。我在北师大中文系学习期间，听钟老讲课中常称道"马克思主义"，他亦常云"我喜欢马克思的名言：'为人类工作。'"其九十五岁《自寿诗》有"事功未竟意难安"之句表明心迹。

四　常书鸿（1904—1994）

塞纳河边识画魂，敦煌奉献五十春。

千难万险等闲度，堪为石窟保护神。

◎常书鸿1935年在巴黎塞纳河畔旧书摊见到伯希和所摄《敦煌图录》，遂毅然回国从事敦煌石窟之保护研究事业，艰辛备尝，功勋卓绝，被称为"敦煌保护神"。

五　潘重规（1907—2003）

章黄学术一脉传，四海交流风气先。

阳明山上讲显学，敦煌之花宝岛鲜。

◎潘系学术大师章太炎、黄侃之嫡传弟子，亦是最早与中国大陆及苏联进行学术交流的港台学者，曾在位于台北阳明山的中国文化大学开办敦煌学研究班，培养出一批优秀的敦煌学研究专家。我在赴敦煌飞机上、学术研讨会及其台北寓所多次聆听其谆谆教诲，得益匪浅。

六　钱仲联（1908—2003）

无锡国专一名师，誉满江南梦苕溪。

厦大校园幸会时，吴侬软语说诗词。

◎钱系无锡国专名师之一，诗学大家，因祖籍湖州号梦苕。我三十年前参加书局在厦门大学举办的《唐五代文学家辞典》编辑工作会议，会间边倾听其发言，边为不解吴语的赵伯陶兄翻译。

七　钱锺书（1910—1998）

爱书著书不藏书，出入围城亦自如。

学贯中西频谈艺，管锥一编学问殊。

◎《围城》系钱撰小说名著。《谈艺录》《管锥编》为其代表性学术著作。一九八九年我曾到南沙沟钱府拜访请教，钱亦道及其不藏书之习惯。

八　周振甫（1911—2000）

乡音未改麟瑞郎，勤作他人嫁衣裳。

例话精当最普及，学问多在这里厢。

◎周原名麟瑞，后以字行。数十载做出版社编辑，亦是我在中华书局之同事兼老师，曾荣获首届韬奋奖，其所撰《诗词例话》《文章例话》《周易译注》等皆为畅销书。其平湖乡音之口语"这里厢"，启功师称誉道："这里厢学问多。"

九　季羡林（1911—2009）

留德十年读梵音，文化交流担重任。

布衣一身喜洋荤，绝学高论惊世人。

◎季羡林著有《留德十年》一书讲述在德国师从著名语言学家研读梵文、吐火罗语等情形。其常穿蓝色中山装衣服，饮食喜西餐，别无他好。

十　何兹全（1911—2011）

背驮黑锅胸坦荡，何老报国志最刚。
创说魏晋封建论，既智且仁定力强。

◎何于二十世纪五十年代初毅然从美国归来，立志报国，却长期被列入"特嫌"而"控制使用"，直至"文革"中经大字报披露方知已含冤多年，然其亦不改初衷，定力可谓强矣。作为历史学名家，其力主"魏晋封建说"，多有建树。可谓既仁且智，享寿期颐。

十一　周一良（1913—2001）

史家本质忒善良，追求进步心向阳。
毕竟风云变幻骤，书生意气遂遭殃。

◎周一良因"文革"中参加"梁效"大批判组遭质疑，晚年撰《毕竟是书生》一书。

十二　戈宝权（1913—2000）

苏俄文学大翻译，海燕渔夫妇孺知。

感君赐笺字隽秀，为讲智慧阿凡提。

◎戈系著名苏俄文学翻译大家，其所译普希金《渔夫与金鱼的故事》、高尔基《海燕》等均妇孺皆知。一九六五年，我参加京郊延庆康庄中学教学实习时，正巧戈亦与社科院外国文学研究所同仁在该中学调研，抽空为我介绍苏联文学近况，后亲笔写信并抄写其翻译的两篇作品寄给我。一九八一年三月间又曾来北师大为我们研究生讲解阿凡提故事从中亚到欧洲各国及我国新疆地区的流变情形。

十三　朱家溍（1914—2003）

走遍君家故宫房，识物鉴古是内行。

精编国宝震世界，一曲单刀过大江。

◎朱系朱熹后裔，祖籍萧山，在故宫工作数十年，走遍故宫近九千房，据传有一回他与启功师逛故宫，互相戏称"到'君家故宅'了！"其所编《国宝》一书系中国政府赠送外国贵宾之传统礼品。朱亦是京剧、昆曲内行票友，我曾在北京大学一次汉学研讨会上观赏其一出《单刀会》精彩表演。

十四　王世襄（1914—2009）

虫鱼花鸟兼家具，书画琴棋又美食。

玩物鉴宝不丧志，锦灰堆里皆珍奇。

◎王世襄爱好广博，学问精当，文物鉴定功底深厚，著有《明式家具》《锦灰堆》正、续编等，堪称"大玩家"。启功师特为《读书》杂志撰《玩物不丧志》一文赞之。

十五　左景权（1916—2007）

负笈域外六十载，不会客室独自哀。

敦煌文书细编目，读研史记出心裁。

◎左公为晚清名将左宗棠曾孙，一九四八年至巴黎，与恋人生离死别，誓终身不娶，并至死不变国籍，心哀性孤，罕与他人往来，自号"不会客室主人"。参与法国藏敦煌写卷编目，卓有贡献；在法组织司马迁《史记》研究会，影响颇大。我访巴黎期间，曾多次到其寓所聆听指教，相谈颇洽。

十六　周绍良（1917—2005）

绍翁良善又认真，金针无私度众人。

敦煌文学细分类，佛学家传担重任。

◎蒙启功师推荐得以结识绍翁三十余年，获教益良多，深感其为真诚贯彻"学术乃天下公器"的大学者，凡他所获之研究资料，均无私奉献给需要之学人。其对于敦煌变文的早期编目及关于敦煌文学类别的论述，均为治敦煌文学者之必备参考。其担任佛教协会秘书长多年，工作繁杂，贡献至钜。

十七　刘东生（1917—2008）

四纪地质诚稀罕，一生但结黄土缘。

古稀敢赴南北极，船过三峡君无眠。

◎刘系世界第四纪地质权威专家，其黄土层研究举世瞩目，一九九一、一九九六年，又以古稀之龄先后赴南、北极进行科考。我曾与他在参与重庆巫山龙骨坡古猿人遗址研讨会后同乘轮船沿长江而下，船过三峡时，目睹其不顾休息，一直站立船舷观察岸旁崖岩情况并边录像边解说的情形。

十八　任继愈（1916—2009）

无神论者哲学家，秉性耿直学界夸。

大藏大典编不辍，桃李芬芳映晚霞。

◎我读研时听任老讲课，得以初识宗教哲学，后在敦煌吐鲁番学会不断得其指教，钦佩其治学态度与耿直性格。他主编的《中华大藏经》在书局出版，锻炼了一批年轻学者和编辑；晚年又受命主编多卷本《中华大典》，耗费甚多心力，关切提携后进，曾专门写信推荐我担任编委。

十九　吴其昱（1919—2011）

吴公最是热心肠，四季传道授业忙。

期盼常迎华夏客，咖啡一杯暖胸膛。

◎吴公旅居法京六十三年，为法国国家博士，潜心研究敦煌写本与西域文明史，成果丰硕。一贯以真诚热情帮助赴法求学、进修及进行学术交流的中国学者为己任，晚年仍频频为旅法学人义务讲习叙利亚文书等中亚文献。我多次到巴黎均受其邀请，得到指点，一九九七年第一次拜望左景权先生即由吴公介绍并亲自导引。

二十　罗哲文（1924—2012）

梁门弟子最勤勉，护佑古建功不凡。

共登长城雷峰塔，听君指点好江山。

◎罗系建筑学大师梁思成弟子，我曾因参加"长城学"会议与其一道登攀长城，又因参加杭州新修雷峰塔落成典礼后一同登塔观览，每次听他讲述古建文物保护道理，均深受启益。

（2016年国庆节长假期间于大兴翰林庭院）

赠吕立人学兄

> 丙申重阳后一日，余及孟卫赴昌平中国政法大学家属院吕立人学兄、卞昭慈学姐寓所探望，送去书局新出《启功给你讲宋词》样书，此书系四年多前吕兄据他珍藏六十年之油印讲义整理而成，弥足珍贵。吕兄年迈八旬，近年来记忆力大衰退，犹奋力习字学书如学童，故撰此诗以赠。

曾记否？师大校园苦读书，勤奋不惧寒与暑。

年近半百又回炉，跟随大师习训诂。

曾记否？远赴边疆三十年，北门师范执教鞭。

天山冰雪何所惧，心血浇灌桃李园。

返京占席古籍所，整理启功讲义立新功。

又与敏师频唱和，清词丽句夕阳红。

而今欢愉烦恼多忘却，习字天天数笔划。

颐养天年伴慈妇，返老还童童心赤！

◎吕兄一九五四年考入北京师范大学中文系学习，毕业后赴新疆工作，在位于乌鲁木齐北门之师范学校教学。八十年代初曾回母校随陆宗达教授进修训诂学。八十年代末调回北京，任中国政法大学古籍所教授。

◎敏师，北京师范大学中文系杨敏如教授，年近百岁仍喜填词赋诗，常召吕兄等老学生来家中唱和，晚年有多种著述行世。

（2016年10月11日于六里桥中华书局宿舍）

海南咏（四首）

师生相聚海南三亚湾感赋

丙申冬至前一日，余及孟卫与原乌鲁木齐市第19中四十余年前学友张晓帆、王晓燕、伊小华、尹京珍、郝小莉等聚首海南三亚湾畔，有感而赋。

离却北国雾霾天，师生相聚三亚湾。

赏心蓝天翔鸥燕，悦目碧海扬风帆。

青春无悔天山北，白首有约海之南。

绚丽缤纷非梦蝶，人生处处证因缘。

（2016年12月20日于三亚）

游呀诺达热带雨林梦幻谷

2016年12月24日，我及孟卫与大学61届老同学宋曦业、李开基在细雨中畅游海南呀诺达热带雨林梦幻谷，吟小诗记之。

雨中畅游梦幻景，树奇林密瀑泉清。
处处声声呀诺达，感受黎苗待客情。

◎"呀诺达"，景区黎族、苗族工作人员招呼游客之语，意为"你好！欢迎！"

（2016年12月24日）

赠曦业同窗2017年《红楼梦》日历

青春负笈向朝阳，晚岁读《红》润心肠。
京师五载同窗情，胜却玉液与琼浆。

（2016年12月24日于海南五指山）

赠苏志荣同学

奋发有为疆二代，历经风雪心志坚。

瀚海苍茫敢纵横，天山巍峨勇登攀。

昔日建设顶梁柱，如今养生聚宝汉。

五指山中勤探索，根雕艺术有新篇。

（2016年12月28日于海南五指山）

敬挽冯其庸先生

读数千卷书，探赜中华文化担重任。

行十万里路，弘扬玄奘精神获真金。

（2017 年 1 月 23 日）

有感赵丰《锦程》入围 2016 年度"中国好书"

4月2日下午在杭州南山陵园扫墓后至附近中国丝绸博物馆与赵丰君小坐叙谈，获悉其所著《锦程——中国丝绸与丝绸之路》已入围 2016 年度"中国好书"奖，甚喜并期盼获奖。归京后，一日与书局对外合作部同事谈今年"经典中国""丝路书香"项目即将开评之事，余忝列评委三年，感叹当今许多书乃追风赶时髦之急就篇，文字粗糙，水分甚多，而赵丰君此书乃厚积薄发，凝多年考察、实践、研究之心得，又在香港城市大学讲座稿基础上细心整理增修而成，颇感作者写好书、编辑做好书之不易，故吟此小诗。

锦程好书多锦绣，细说丝路古今绸。

赵君丝绸故乡人，立足钱塘望寰球。

长安罗马相系连，敦煌都兰惊世眸。

一带一路系伟业，著述亦应功千秋。

（丁酉年谷雨前于北京）

题"敦煌雅笺"

> "敦煌雅笺"为杭州萧山图书馆举办"来图书馆看敦煌"活动之文创产品,征余题诗,故撰此七言小诗。

敦煌彩笺殊清新,雅俗同赏称人心。
菩萨慈善飞天舞,且待书家赞法音。

(2017年3月26日)

献给敦煌守护众神

敦煌莫高窟举世瞩目,
丝绸之路承载历史辉煌。
有人说:慈眉善目的菩萨,
是"东方维纳斯"映照着三危山的霞光;
有人说:灵动多姿的飞天,
从远方飞来披上了中华大地的丝绸霓裳。
庄严肃穆的彩塑、熠熠生辉的壁画,
闪烁着各民族艺术家智慧光芒。
举世无双的世界文化遗产宝库,
昭示有自我牺牲精神的人们去护卫;
交流互鉴、交融创新的"丝路之魂",
需要代相传承的儿女来持续弘扬。
哦,从常书鸿、段文杰、史苇湘,
到樊锦诗、李最雄、王旭东,
还有赵声良、罗华庆、张先堂,
和众多更为年轻的"打不走的莫高窟人",
不辱使命,薪火相传,奋发图强,
守护敦煌的众神真正威武雄壮!

樊锦诗——堪称众神中的一位女神,

生于北京长于上海的北大学子,我的杭州老乡,

扎根鸣沙山下、宕泉河畔半个多世纪从不懈怠,

"敦煌女儿"带领众神,青春长在,神采飞扬。

(2017年5月)

梦见恩师

　　2017年5月7日凌晨,梦见吾师启功先生在教室为学员讲授书法,声音宏亮,板书分明,且示范书姿,情景清晰动人。梦醒,得此小诗云:

又梦恩师教学中,风范依旧好音容。
悠悠念想无穷尽,万世传扬禹下功!

　　◎启功师有闲章镌曰"功在禹下"。

（2017年5月7日凌晨）

祭左公景权先生

  2017 年 5 月 17 日，由戴廷杰先生驱车，陈庆浩先生陪同，我与孟卫再次到巴黎西北 Gennevilliers 市的新墓园，祭扫左公景权先生，在他墓碑前献上两盆鲜花及我写在白纸上的一首小诗：

驾鹤飞仙整十年，遗泽长存润学园。
而今翠柳荫丝路，应慰左翁展笑颜。

（2017 年 5 月 17 日于巴黎）

悼念沙知先生

　　2017年5月21日，在西班牙旅途中得知中国人民大学沙知先生逝世的消息，不胜痛悼，吟此小诗发回北京，请人在沙翁追思会上诵读：

忆昔二十六年前，沙翁共我赴苏联。
敦煌写本细心读，冬宫文物认真看。
忍饥挨饿寻常事，为求真经苦也甜。
历历在目思往事，交流学术赋新篇。

　　　　（2017年5月22日于巴塞罗那城郊）

在巴黎过端午节有感

丁酉端午,余第三次在巴黎过生日,凌晨觅得小诗一首。

他乡异国度端阳,思念故园粽米香。
千丛蒲剑佑屈子,一抹雄黄镇虎狼。
曾经瀚海非为水,岂忘天山诉衷肠。
龙舟共济新丝路,期盼寰宇民安康。

(2017年5月30日于巴黎乔治桑街寓所)

悼刘镭

2017年5月下旬，在欧洲旅途中忽然接卞昭慈学姐转发来刘昕邮件，报告她母亲刘镭于3月24日在美国芝加哥家中突然去世的噩耗。刘镭系我在乌鲁木齐19中学的同事，温文儒雅，培养文艺宣传队卓有成绩，然错嫁王郎，一生坎坷，诚可叹也！

海外忽闻君长眠，悲泪涟涟思万千。
汝是才貌双全女，岁月峥嵘情何堪！
天山呜咽歌舞歇，大洋汹涌笔花鲜。
质本洁来还洁去，雪山晶莹永相伴。

◎"笔花鲜"指她在芝加哥华文报社工作，曾撰写多文，其中，采访文史大家钱存训之文，我曾转发于《文史知识》月刊。她去世后，其女刘昕捧骨灰安葬于加拿大温哥华市能遥望远处雪山的山景公墓。

（2017年6月初于北京）

缅怀恩师

今岁 7 月 26 日为恩师启功先生一百零五周岁华诞，赋此小诗寄托缅怀之情。

坎坷平生世事艰，悠悠一百零五年。
柔毫铁笔抒胸臆，沥血呕心育俊贤。
笑观伪劣充廛市，忍看鱼龙杂清渊。
泥沙淘尽真金在，启伯精神万世传。

（2017 年 7 月 26 日于乌鲁木齐市）

挽彭金章先生

> 7月29日，敦煌研究院研究员、中国敦煌石窟保护研究基金会原副理事长彭金章先生病逝于上海，撰此挽联表达悼念之意。

探莫高奥秘成果丰硕堪称考古英杰

担两地辛劳含辛茹苦无愧敦煌功臣

（2017年7月30日于乌鲁木齐市）

木垒行（三首）

2017年8月5日、6日，与原乌鲁木齐市第19中学74届高二四班几位老学生驱车作北疆木垒、奇台之行，得小诗三首。

一 平顶山观景

阡陌纵横万亩田，一览锦绣色斑斓。
鹰嘴豆香间麦浪，耳顺眼怡众心欢。

二 胡杨林漫步

胡杨千载万般姿，启示游人获新知。
根深叶茂枝不朽，天公造物最无私。

三 奇台魔鬼城

水侵风蚀丹霞貌，双塔迎客摆泥腰。
顷刻雷鸣似魔叫，黄汤四泻阵雨豪。

（2017年8月8日于乌鲁木齐）

塔什库尔干行（四首）

2017年8月9日，欧嵘同学陪我和孟卫飞赴喀什，10日随南疆国旅商务车奔赴塔什库尔干边境地区，在海拔三四千米之喀喇昆仑山区高原往返驱车近一千公里，穿行瓦罕走廊，观览白沙山、白沙湖、卡拉库里（黑湖）、金沙草滩等自然景色，遥望慕士塔格、公格尔、公格尔九别峰，登汉唐石头古城遗址，亲临海拔五千米之红其拉甫国门界碑，且一日之内经历阵雨、大雪、泥石流、沙尘暴等天气，虽尚无惊心动魄之感，亦为平生第一遭，故以打油小诗记之也。

经行瓦罕通道

今日经行瓦罕廊，似闻千年驼铃响。
白山黑湖公格尔，慕士冰峰更风光。

登石头城

夕阳细雨金草滩，石头城上彩虹悬。
断壁残垣皆有幸，见证玄奘驮经还。

上红其拉甫国门（二首）

八月飞雪莽昆仑，驱车直上到国门。
红其拉甫迎远客，风景殊异抚惊魂。

雄鹰展翅雪山间，巍峨国门在眼前。
历尽沧桑古丝路，气象万千展新颜。

（2017年8月10—11日拟稿）

首访喀什（步冯其庸喀什诗韵）

首访喀城感触多，民族和睦今如何？

警笛时鸣鸽翔舞，疏导为要安九州。

（2017年8月12日拟稿于喀什）

燕玉兰咏

> 为纪念对巴黎高等矿院教学做出贡献之许小燕老师,矿院特地在校园栽种一棵玉兰树,2017年10月20日下午并为此在树旁举行仪式,校领导并老戴、玲溪、铃岩和文利出席。21日晨在京获悉此消息,吟此小诗以志。

玉树临风栽,仿佛燕归来。

师生频寄托,戴兄慰心哀。

挚友长追忆,溪岩盼成材。

玄武遥相望,圣洁花常开。

(2017年10月21日晨)

梦见冯其庸先生

依稀梦中冯老面,目善眉慈往昔颜。

殷殷关切红学事,切切牵挂西域安。

常藉王母青鸟翅,共乘玄奘白马鞍。

迈步天宫身矫健,采撷云霓笔无闲。

（2017年12月2日）

听马金泉独唱音乐会有感

12月4日与孟卫去"国图"音乐厅听马金泉唱《花非花》《老马》《十里风雪》等中国歌,音色雄浑,惜腔圆而字不正。"夜莺"迪里拜尔助唱《弄臣》之曲,仍不改其宛转入云本色,多年不见这位维吾尔族歌唱家,伊已头发花白矣!

老马雄浑字混含,夜莺宛转头已斑。
东瀛十载唱西洋,神州艺苑百花妍。

（2017年12月4日晚）

悼念杨敏如老师

清晨打开微信，获悉我们敬爱的杨敏如老师于前天下午仙逝，享年一百零二岁。在将此噩耗转发给北师大同学之时，谨吟此小诗寄托悼念之情。

师大当年讲课时，激情莫过敏如师。

谈笑风生希腊神，扬清激浊罗马诗。

耄耋不失赤子心，孜矻犹解唐宋词。

而今扶摇灵霄殿，携手兄君赋新辞。

◎敏如师是词学宗师顾随先生弟子，研攻中国古典诗词。20世纪60年代初，服从系里安排，为我们开设外国文学课程，讲课时激情不减。

◎"文革"后，敏如师为学生讲授中国古代文学，退休后仍热心于古诗词诠释及创作，九十岁后常邀请一些老学生到家中同赋诗词。著有《唐宋词选读百首》（中华书局）、《南唐二主词新释辑评》（中国书店）等。

◎敏如师的夫君为我国"两弹一星"元勋之一的罗沛霖院士（1913—2011），兄长为著名翻译家杨宪益（1915—2009），均有诗词作品问世。

（2017年12月17日）

书赠宋旭华编辑

　　2017年12月30日,应浙江大学出版社宋旭华主任之邀,与几位新编辑座谈,即席将日前拟写在敦煌雅笺上的一首小诗呈旭华编辑,也作为我发言之开场白。诗云:

青山绿水是家乡,墨韵书香文脉长。
辛勤织得斑斓锦,甘为他人作嫁裳。

（2017年12月30日）

小年夜打油诗

腊月廿三是小年，家家户户备春联。

饺子糖瓜玉米粘，灶爷嘴甜多吉言。

（丁酉年腊月廿三日于北京）

戊戌元宵吟

元宵亲情欢聚,贺节短信连绵。

京城虽又雾霾天,依然爆竹狂喧。

默思寒暑往复,卅载弹指挥间。

双鬓已斑无悔怨,驽驾觅途志坚。

(2018年3月2日于大兴翰林庭院寓所)

缅怀慈母

今日农历二月十九,观世音菩萨圣诞,亦慈母杨惠仙百岁冥诞,谨以此诗寄托深切缅怀之情。

天大地大母怀大,河深海深娘恩深。
观音悲悯救世难,慈母茹苦治家勤。
九十春秋经风雪,百千昼夜历艰辛。
而今俯瞰人间事,宝莲座前吟仙音。

(2018年清明节前一日于北京)

为"法国远东学院北京中心"创设二十周年作

创设中心二十年,交流互鉴花更鲜。

众多园丁洒汗血,硕果累累结心田。

（2018 年 3 月 18 日）

贺《敦煌学辑刊》创刊百期

敦煌学术好平台，锦绣嫁衣众手裁。

东风催育第一枝，西北陇原花先开。

新知旧雨多佳作，含辛茹苦垦荒莱。

吾辈同仁齐心力，频为丝路添光彩。

（2018年4月于北京）

游阆中

2018年5月22日余与郝春文教授应邀到南充西华师大作学术讲座，第二日得空到阆中古城一游，得此小诗云：

铁骑一驾驰川北，讲学偷来半日闲。
庄严道署清官箴，驳落贡院寒士卷。
张飞庙宇忠孝碑，杜甫祠堂山水篇。
锦屏峰秀嘉陵澈，暂作江边阆苑仙。

（2018年5月23日）

悼陈国灿教授

> 国灿兄系武汉大学教授、敦煌吐鲁番学界老友，多年来从事吐鲁番出土文书之整理研究工作，曾多次应邀赴台北东吴大学等高校讲学，近些年又踏查考索高昌地区古地名，颇为辛勤。今日惊悉他于6月7日下午病逝，不胜痛惜，拟此诗为悼。

故人西逝黄鹤楼，学界痛失好师友。
追昔红楼理文书，君是唐公左右手。
抚今绿洲探史迹，足健堪与青年俦。
数赴宝岛传学术，几涉交河显风流。
千里老骥难伏枥，愿为丝路添新俦。
音容顿失遗著在，国灿文章利千秋。

（2018年6月8日）

读常嘉皋纪念常老文章书后

近日,旅居日本的常嘉皋在《当代敦煌》微刊发表其纪念父母亲之文章《一幅兰州百合画后的故事》,应其要求,书此小诗。

嘉年负笈赴东瀛,皋兰百合寄深情。
丝网印得飞天舞,更赋美篇慰双亲。

(2018年6月23日)

思念启功先生

> 今天系恩师启功先生逝世十三周年忌日。昨晚今晨,难以入眠,思得七言小诗以寄托思念之情。

恩师逝世十三年,笑貌音容铭心间。
慈眉善目弥勒像,披胆沥肝济世言。
教育有方抛心力,学问无涯促膝谈。
更有珍品诗书画,遗泽人间万代传。

(2018年6月30日)

悼李永福老同学

李永福系我在杭州一中时高中二班老同学,为人谦和低调。几年前热心组织老同学微信群,多年同窗得以时常联络。去年4月13日我回杭州时,由他和国良同学安排,在酒店小聚,岂料至5月,同学即失去和他联系,近日国良去他家所在小区探访,方知他已于5月中因患胰腺癌去世。噩耗传来,老同学们不胜悲痛。余吟此小诗以悼。

三载同窗一世缘,旦夕骑鹤成上仙。
天堂安静尘嚣绝,祈愿永福福绵延。

(2018年7月2日晨)

缅怀王克芬老师

克芬老师于7月7日仙逝，享年九十一岁。余在西行列车上，不能到八宝山竹厅参加告别仪式，含泪撰此小诗以寄托缅怀之情。

嘉陵江畔玲珑娃，为求自由闯天涯。
学艺习舞意坚毅，抗敌演剧气风发。
师从戴吴潜心志，弘扬敦煌大名家。
凌霄今日添飞仙，田野靓歌遍中华。

（2018年7月9日）

◎戴吴，舞蹈家戴爱莲、舞蹈艺术家吴晓邦。

◎田野，克芬夫君、作曲家张文纲的名作《我们的田野》。

车上吟

列车深夜过柳园、疏勒河,进入新疆境内。在列车行进声中,念及五十年前我第一次乘火车奔赴新疆的情景,难以入眠,遂在手机上写此小诗。

五十年前初来此,愿赴安西更向西。
战天斗地读巨著,教书育人识真谛。
曾经瀚海吟旧赋,尝踏天山唱新诗。
青春无悔老未悔,雪泥鸿爪无尽思。

(2018年7月10日凌晨于赴疆列车上)

游博斯腾湖（二首）

万亩睡莲怡客眼，千顷苇荡碧连天。
博斯腾倚库鲁克，水波浩淼胜江南。

博斯腾畔扬水站，日泵湖涟五百万。
孔雀河清农田溉，金鲤跃上铁门关。

（2018年7月17日于南疆博斯腾湖畔）

为原高中学生聚会拟诗

四十六年弹指间,相逢聚散都是缘。

朝霞灿烂迎风雨,晚晴清新辞劳烦。

养老育幼天伦乐,游东览西眼界宽。

并肩携手多欢畅,同窗情谊暖心田!

(2018年7月31日于乌鲁木齐)

献给为边疆教育事业奉献青春的北师大校友

今日和孟卫及朱和生、张银云校友看望1968年一同赴疆的北师大历史系傅华国校友,他为边疆教育事业无私奉献,如今已患阿尔茨海默症。归来赋此诗。

当年豪迈赴新疆,而今衰老鬓染霜。
青春有憾却无悔,夕阳无限仍辉煌。
红柳依然多蓬勃,青松始终最坚强。
晚晴拭干蜡炬泪,喜看桃李更芬芳。

(2018年8月3日于乌鲁木齐)

挽黄克兄

书局老同事黄克（原名克诚）因病于10月3日去世，享年81岁。撰此挽联以悼。

诚恳待人处事献身出版事业成就卓著
勤奋治学践行潜心戏曲文化功德圆满

◎黄克兄系著名京剧黄派创始人黄桂秋之公子，南开研究生毕业后到剧协做编辑，后进中华书局文学编辑室工作，20世纪80年代初参与创办《文史知识》杂志，后调至文化部中国艺术研究院任文化艺术出版社社长、图书资料室负责人。

（2018年10月4日）

木兰花　忆天山月
——和赵丰《木兰花·忆敦煌赏月》词

西域碧空洗练素，长河落日戈壁路。千年忆，泪婆娑，夕阳依旧照古墓。　青春易逝瞬间度，报国之心赤如故。归田莫说将如何？遥望天山月色暮。

（2018年10月16日）

附：赵丰《木兰花·忆敦煌赏月》原词：

碧洗长空如练素，日落轮椅杨树路。莫高窟，九层楼，明月一弯几座墓。　千载瞬间穿越度，戈壁依然坚似故。归田放马又如何？回首三危夕色暮。

赠吕敏教授

经由吕敏教授辛勤策划，10月25—26日，法国巴黎高等研究实践学院、法国远东学院与故宫博物院藏传佛教文物研究中心在故宫钦安殿举办"北京皇家寺庙调查与研究国际学术研讨会"。余应邀与会，撰此小诗赠吕敏。

查庙辑碑日夜忙，十载辛劳岂寻常。传承文脉千秋事，功德圆满应无量。

（2018年10月26日）

贺柴玮侄女新婚之喜

戊戌岁十一月初九,为侄女柴玮与王偲倢喜结连理,在里西湖新新饭店举办婚礼之日,吟此小诗为新人贺喜。

湖畔双新婚宴堂,窈窕西子做伴娘。
爹妈喜泣送娇女,亲友嘉言赞新郎。
宾客满场气氛热,驱寒迎春齐举觞:
诚贺柴玮和偲倢,岁岁如意多吉祥!

(2018年12月15日于杭州)

挽王永敬学友

戊戌冬在杭州至普陀旅途忽闻北师大中文系学友王永敬研究员病逝的噩耗，拟一挽联以寄托悼念之情。

溢正气与才气于言表
聚良知和睿智在笔端

（2018年12月17日于旅途）

寄语赵莉研究员

好事常多磨,人生有蹉跎。
只要勤耕作,初心迎硕果。

(2018年12月25日)

沁园春　春节拜年

己亥春节前，依三十八年前之约定，与赵仁珪、林邦钧、于天池及黎烈南等研究生诸同窗赴北师大小红楼邓魁英先生家、启功先生内侄家拜年。邓师今年九十岁，腰腿尚健，颇堪欣慰；启功、郭预衡、聂石樵三位老师已先后仙逝，思之泫然。离校后，遂拟此词以记。

每忆当年，劫波度后，重返校园。启郭聂邓韩，导吾九子，课堂内外，沥胆披肝。触膝抵掌，循循善诱，答疑解惑无空闲。真个是，传道德文章，滋润心田。　　在京弟子约定，春节时叩师拜年。迄今卅八年，从未间断。欢声笑语，问暖嘘寒。光阴无情，天公有邀，三师驾鹤成飞仙。须记取，为传承文脉，珍重康健！

（2019年1月24日）

再到康桥

当年我匆匆地来了，犹如我匆匆地走。

三个时辰飞鸿一瞥，只化作欲说还休。

今天我又缓缓地来，岁星已绕苍穹一周。

人世沧桑旧梦零落，西方的云彩变幻依旧。

剑河依然碧波荡漾，康桥仿佛连通心房。

绿荫里鲜花争艳啊，草坪外各色游子徜徉。

志摩诗碑铭刻着梦忆，霍金钟警策珍惜时光。

金庸石联语难免孤独，琅琅书声寄托壮志梦想。

今天我缓缓行走校园，步履蹒跚已不再匆忙。

文化传承创新靠谁人？青春少年会勇敢担当！

（2019年4月4日于剑桥寓所）

◎当年，指2007年赴伦敦参加敦煌学国际学术研讨会后曾到剑桥参观半天。

在李约瑟墓前

菩提树下，依然跃动着三颗热爱科技文化的心。

李约瑟、多萝茜、鲁桂珍，承载交流互鉴的光荣使命。

重庆、昆明、敦煌、香港，布满艰辛探究中华文化的足迹。

伦敦、剑桥、纽约、巴黎，饱含执着追求和谐共存的毅力。

一幢普普通通的红砖小楼，蕴藏了探求奥秘的巨大能量。

一道震撼学界的难题啊，闪耀着追求真理的不灭光芒！

巨匠运斤呵风骨犹在，大师虽逝兮文心永存。

后来者须加倍努力攀登，方能告慰前辈的英魂！

菩提树下四季花艳草青，小红楼中日夜灯火通明。

我伫立在静默的青铜像前，耳际又响起了号角齐鸣！

（己亥年清明于剑桥李约瑟研究所旁）

金庸联语石

金庸大侠不简单,先封博士后读研。

学院道上多缱绻,叹息桥畔常流连。

花香书香伴君学,桨声歌声入梦眠。

去岁乘风驾鹤去,联语镌石剑河边。

(2019年4月9日于剑桥寓所)

徐志摩康桥诗碑

志摩杭高老校友，才子诗名耀全球。

芳丹薄露翡冷翠，康桥吟别流韵久。

剑河风光融血脉，徽因小曼情相伴。

游子伫立诗碑侧，遐思绵长无止休。

（2019 年 4 月 9 日于剑桥寓所）

在英伦闻巴黎圣母院遭火灾

绝伦精美圣母院,巍峨耸立八百年。

岂料一夕火魔狂,塔楼倾毁举世叹。

(2019 年 4 月 15 日于剑桥寓所)

赠湛如大德

行脚万程济十方,苇舟一叶泛四海。
明镜止水心湛然,胸中惟有真如来。

(2019 年 4 月 21 日于剑桥)

痛悼郑昱学兄

今日惊悉杭高初中及高中同班学兄、挚友郑昱教授不幸遭车祸逝世,洒泪撰此十句小诗痛悼。

呜呼郑昱好学兄,骤然罹祸飞九天!
相识相知手足情,互勉互励同窗缘。
参军从武转习文,往事历历岂如烟。
一生慈善诚朴实,半世坎坷心志坚。
皇天不公叹奈何,唯盼驾鹤多平安!

(2019年6月5日泣拜于北京)

赠龚莉

中国大百科全书出版社原社长龚莉系1997年我在出版署党校学习时班长，近期退休后一道参加外译项目评审会，兹撰写小诗一首以赠。

廿二年前同学缘，百科班头女状元。
岁月苦辛双鬓白，初衷未变志犹坚。

（2019年6月19日于北京人大会议中心）

贺项楚教授八秩荣庆

诗人八十古来稀,健笔凌云世更奇。

敦煌菩萨铭心底,气爽神清度期颐。

(己亥年夏日于北京)

缅怀李征先生

　　2019 年 7 月 16 日，在新疆文物考古所会议室为已逝世三十年的李征先生举行追思会，我在发言结束时吟此小诗寄托缅怀之情。

李征谦恭最谨慎，一生一世清白人。
瀚海查勘不辞苦，西域觅宝最辛勤。
足迹遍及安西地，整理文书十二春。
而今交河丰碑立，百代千秋祭英魂。

　　　　　　（2019 年 7 月 16 日于乌鲁木齐）

假日游密云某山庄有感

> 假日由雪清导引游密云某山庄别墅，其园区实在一自然风景区内，可怜已被圈入富人庄园内。奈何？

忙里偷得一时闲，漫步密云碧湖边。
可怜青山绿水地，如何圈入富家园！

（2019 年 10 月 27 日）

陇南行（三首）

己亥深秋，自天水至陇南成县，由陇南师专蔡副全教授导引考察大云寺摩崖题刻遗迹、汉代摩崖《西狭颂》景区及杜甫草堂，得诗三首。

一　大云古寺

大云寺立危崖边，历朝题刻残迹斑。
松柏苍翠曲径幽，山泉清冽润肠甜。
香火零落诉新求，塑画依稀非旧颜。
遥想当年杜工部，心事迷茫祷群山。

二 观《西狭颂》

郡西狭中古栈道，飞瀑流泉层林染。

摩崖佳刻逾千载，汉隶精美世所罕。

四方无雍颂李翕，五瑞有图证惠安。

造福于民芳百代，贪赃枉法臭万年。

◎《西狭颂》摩崖石刻位于甘肃陇南成县城西13公里处的鱼窍峡中，颂文主要歌颂东汉武都郡太守李翕治理有方和修复西狭栈道致使"四方无雍，行人懽诵"的历史政迹。摩崖颂碑额篆"惠安西表"四字，额右下方图刻黄龙、白鹿、嘉禾、木连理、甘露降五瑞。图左为颂文，阴刻隶书20行，共385字，后有12行题名。题刻于东汉建宁四年（171），历近两千年保存十分完好。

三　深秋谒成县杜甫草堂

　　己亥立冬前三日，蒙陇南师专蔡副全教授导引、姚辉馆长等热情接待，与书局同事罗华彤编审拜谒成县杜甫草堂。堂门两侧有恩师启功先生所书"丹青不知老将至，富贵於我如浮云"楹联，院内碑廊又有师所书杜甫《宿白沙驿》诗碑刻，有感遂得此诗。

　　飞龙峡口结庐居，国乱家难艰辛时。
　　虎崖龙潭暂为邻，新朋旧友话宿昔。
　　攀龙附凤君不能，闭藏修麟子非宜。
　　湍流浪急巨石碍，携幼入川前途迷。
　　临歧回望凤凰台，老之将至伤别离。
　　而今新松高千尺，翠竹红叶亦丽绮。
　　万象皆新春气盛，孤槎无须随波迤。
　　诗圣草堂数十处，此处第一杜公祠。

◎杜甫于唐肃宗乾元二年（759）冬入蜀前在同谷县筑草堂暂居，故址位于今成县东南凤凰山下、飞龙峡口。有《乾元中寓居同谷县作歌七首》及《万丈潭》《发同谷县》等诗记事感怀，诗中有"中夜起坐万感集""山中儒生旧相识，但话宿昔伤怀抱""闭藏修麟蛰，出入巨石碍""停骖龙潭云，回首虎崖石"等句。其《将赴成都草堂途中有作先寄严郑公》与《宿白沙驿》诗中又有"新松恨不高千尺，恶竹应须斩万竿"及"万象皆春气，孤槎自客星。随波无限月，的的近南溟"之叹。

（2019年11月7—10日于北京）

赠张进

> 近闻书局年轻老同事张进编审辞职归家，拟诗以赠。

将军解甲可归田，官员退休图清闲。

春夏秋冬作嫁衣，酸甜苦辣滋味全。

奔马停蹄思旷野，飞鸟歇翅望蓝天。

吾有一言请思虑：如今哪有桃花源？

（2019年11月13日于中华书局六里桥寓所）

咏书局庭院银杏

书局后院有两棵银杏树，经十多年养殖已茎壮叶茂，深秋时节叶色蜡黄，分外耀眼，近日一场大风过后，一树依旧，一树却凋零殆尽，因此感咏。

书局庭院两银杏，深秋黄叶耀眼明。

为何一场大风后，一树依旧一凋零？

（2019年11月19日晨于六里桥寓所）

《行走西湖山水间》读后

> 杭一中丁云川学友多年踏查、维护家乡西湖文物功不可没，被誉为"市民英雄"。他相关的文章结集为《行走西湖山水间》，近期由杭州出版社正式出版印行，吾获赠读后撰此小诗以呈。

行走西湖山水间，护宝弘文有云川。
市民英雄尽心力，家乡旧貌呈新颜。

（2020年1月3日于杭州）

游扬州瘦西湖偶得

21世纪初某年春末，得闲游览扬州瘦西湖，在二十四桥旁获听有客讲解淮扬史迹，偶得七言数句而未成文。庚子立春，因防新型冠状病毒肺炎疫情在家整理旧日资料，发现残页上碎句，遂补充完成此诗。

龙舟庞大西子瘦，灼眼琼花隋堤柳。
一河开凿通南北，三江奔泻逝春秋。
六朝江左繁华地，汉唐陇右丝路悠。
廿四桥边听史话，泽民天下更风流。

（2020年2月4日于北京大兴翰林庭院）

庚子新春感言

鼠年新春不寻常，人人宅家空街巷。

隔离冠状凶病毒，拜年贺岁互联网。

众志成城驱恶疾，刻骨铭心庚子殇。

神州奋起弃旧习，为保亿民福寿康。

（庚子元日于北京大兴翰林庭院）

悼念严庆龙先生

上海辞书出版社原副社长严庆龙先生是出版界德高望重的老前辈，20世纪八九十年代为编辑出版《敦煌学大辞典》写信数百封，与众多敦煌学者结缘。去年春天我到沪上拜望严先生时，曾提议搜集编印这些书信作为敦煌学史重要资料，蒙先生首肯。岂料1月4日，一向健朗的严先生竟驾鹤仙逝。庚子春节，我打电话至严府才得知此噩耗，呜呼哀哉！连日来多次想写悼念文字却无法下笔，今日于京城大雪纷飞之中，吟此仄韵小诗寄托悼念之情。

庆龙先生是严师，卅载教诲铭心底。

笑谈"四部"重传承，戏称"三老"忆往昔。

飞鸿数百主姓"敦"，大典一部凝精气。

今朝白雪祭忠魂，功名卓著留青史。

◎严先生系新中国建立前上海大学生，中国共产党地下党干部，1957年被错误打成"右派"，后从事编辑工作，故自嘲为"三老编辑"。

◎在《敦煌学大辞典》编辑工作中，严先生一直强调该辞典的条目"都姓'敦'"，以突出这部辞典的专业特色。

（2020年2月14日于北京太平桥西里家中）

无 题（和乙未旧作）

乙未隆冬，京城首次施行雾霾天红色预警刚结束一日，霾妖重来，感慨系之，遂于京杭高铁上口占一绝，曰："山河失色草木衰，万民罩口实可哀。京畿应立风神庙，只缘霾雾不时来！"庚子新春，新型冠状病毒肺炎肆虐神州，其恶远甚于霾妖十百千倍，乃和旧作云：

疫情凶险待减衰，闭户空巷更可哀。
唯盼全民举国力，消除毒妖迎春来！

（2020年2月15日于北京）

致敬程毅中先生

今日，书局九十岁高龄的程毅中先生亲赴银行，将近年所出论文结集《月无忘斋文选》的稿费等34640元，捐赠给武汉中心医院抗击新型冠状病毒肺炎疫情的一线白衣战士，令人肃然起敬，谨赋小诗赞之。

耄耋捐款情最浓，学者仁心天动容。
缀文成裘月无忘，编书订稿日有功。
神清气爽抗病疫，德高望重鼓义风。
惟盼程翁期颐日，敬举寿觞酒千盅！

（后学　剑虹　敬撰　2020年3月4日）